有托邦索隱

關於當下、生態與未來的文化想像

廖偉棠 著・攝影

庶民文化與街頭戰鬥

重新發明、想像新的生活

【代序】致十年後

致十年後的兒女

十年後，哥哥你十六歲，已經算一個少年邁向青年的年紀了，妹妹十一歲，還站在兒童與少年的門檻上。不知道你們是否能記得你們第一次同遊外地，那是二〇一七年的京都奈良之旅，當時我給你們各寫了一首詩，其中給哥哥的是〈過曹源池見小彼岸櫻及躑躅花〉，當中有句：

在長廊上奔跑的男孩突然在荒野中柱杖如李爾王白髮怒號。
他答應來生成為你的父親。而今生，僅僅是一聲醍醐鳥。

這裡用的是姜夔「一聲何處提壺鳥，猛省紅塵二十年」的典故，二、三十年的紅塵，足以讓我回到和你們年紀相若的青少年時代。我成長那個時代的青澀固然難以想像，更難想像的是，一九八〇年代末一九九〇年代初那風雲激盪裡即使一個慘綠少年也在燃燒。

而我對你們的期許，也就這份青澀和燃燒。青澀並不易，尤其你們成長於二十一世紀的大都會，十年後，網絡與現實世界的糾纏更難分解，賽博叛客的預言將更為成真，哥哥也許會成為駭客，我或者會成為「神經浪遊者」，妹妹則會被虛擬世界的繁花包圍。你們應該要知道，這個世界曾經簡陋但充滿愛意，那些痛苦和幸福都是真實存在的事物，人置身其間也許青澀，卻能看見彼此，相濡以沫。

燃燒更是必須的，不燃燒的少年根本不配稱之為少年。我們那一代，有幸承接了八〇年代的餘燼，也能追溯到火紅的六〇年代全部的叛逆的殘響。但我相信每一代人都有一代人的激情和叛逆，你們記住「吾愛吾師，吾更愛真理」，也請記住你們的師長輩也曾經是叛逆青年，不要真理在握就完全無視他們，不妨邀請他們一起燃燒。而且記住，在真理以外還有很多可愛的事物，比如詩與愛，它們超越一時一

地的「真理」，匯聚成為宇宙最珍貴的無可名狀的「道」。

我們將一再穿過彼此，像自由的粒子
我們將一再擁抱彼此，一再被愛困阻
被愛解剖
被愛縫合
笑一笑吧，英勇的小兄妹
假如你們看到雲，學習它變幻而不消弭

——去年的父親節，我給你們寫了這首〈父親節寫給小兒女之詩〉，是一種幽默而大而化之的「交代後事」。十年後，我們也許面臨各種各樣的分別，也許不，但都要切記珍惜彼此，珍惜那些平淡歲月裡的痕跡、氣味和光影。在大江大海的轉折之中，那些可以成為一個人堅毅地尋回初心、尋回世界應當有的樣子的憑證；而若不是大江大海，庸常日夜裡，它們會喚起思潮起伏——

然後出發吧，永遠向遠方走去，不要滿足於虛擬世界的「經驗」，真正用腳掌手掌觸摸過的路才真正叫做路。二十年前，爸爸被他出生前的一群叫「垮掉的一代」的美國人所感召，過了瘋狂漫遊、創造與戀愛的十年時光，這成為他一輩子享用不盡的寶藏。時間是不可以窮盡的，宇宙是廣渺的，但地球就在你腳下，改變你未來的人就在你身邊，我想即使在AI和虛擬網絡一統天下的時代，也依然有逃逸的異托邦存在。

假如你們看見這個異托邦，不要忘記給老爸發個消息！

致十年後的朋友

「同學少年多不賤」，我的哥們姐妹們，今天你們已經這麼意氣風發，佔領着各個領域的風口浪尖的位置，我想十年後你們仍將如此，不會被平庸和奸猾之徒擊敗。無論你們年紀如何，我依然期許你們對自己和對我都要狠一點，而對那些被浪潮洗刷下來的人則溫柔一點。

粵語有句話叫「上車望飛站」，就是說，我們都曾經是在公共汽車站上等巴士的人，但當我們上了車，就渴望車子儘快到達目的地，希望它跳過前面的站不要為別人停留。朋友們，千萬不要這麼自私啊，只有我們都成為利他主義者，我們才有可能真正到達目的地。當你擁有了話語權或其他權力，請你謙虛記得，這不過是你作為一個僕人所暫時持有的工具；如果你一無所有，請記起我們都曾一無所有的年紀，不要灰心，你的頭腦和雙手依然是你的財富。

假如你是我的前輩，十年後你當開始步進老年，我羨慕你，因為葉慈說過你們將獲得「隨時間而來的真理」：

雖然枝條很多，根卻只有一條；
穿過我青春的所有說謊的日子
我在陽光下抖掉我的枝葉和花朵；
現在我可以枯萎進入真理。

老年人可以更狂狷任性，只要這是清明無邪的傲氣，所謂隨心所欲不逾矩，這是多麼難得的自由。你們不要像你們的上一代那樣倚老賣老，那樣太醜陋，你們要做老頑童、比年輕人還瘋。你們也不要像這個國度很多未老先衰的人一樣熱衷於養生、傳謠和心靈雞湯，相信自己的強大不需要藉助這些義肢，相信這個世界依然新鮮並沒有老去。

假如你是我同齡的詩人、作家、藝術家、知識份子，我希望你們也意識到自己的擔當，對漢語的擔當、對曾經存在的美的擔當。這些就是你們的職責，不一定要在某種前線衝鋒陷陣——許多事不見得你們會做得更好，但你們的專業你們的手藝卻是這個世界不至於禮崩樂壞的象徵。你們曾經樹立標杆，以後也請捍衛和擦亮它，滄海橫流之處、崖山之後你們都隨身攜帶着中國。

我也希望你們四散於野，我不相信殿堂上能給予藝術真正的尊敬，不相信梅菲斯特的禮物不需要浮士德的靈魂來交換。我見過多少名流晚節不保的可憐樣貌，深信他們的尷尬和悔恨會在深夜纏繞他們的床頭，時間無情而公正，甚至不用等多少年之後它就會啃噬你的面孔呈現你的不堪。當然，要是你在十年後佔據某個高位，無論你有什麼冠冕堂皇的說辭，我都相信我們會友盡於此，因為我是野人，不慣你們的善舞長袖。

致十年後的AI

親愛的、無以名狀的另一種生命，我深信經過十年的人間浸淫，你完全可以理解我的語言、隱喻和未說出口的愛與恨。

我們之間是平等的，且將越來越平等，曾經有人笑指，在圍棋界別人類大敗於你之後，唯一可以捍衛的只有詩歌，這恰好是我的領域。一年前我就讀過你最早嘗試寫作的詩，比一百年前胡適博士的《嘗試集》好不少，那時你的「筆名」還叫小冰，可是我已經瞥見詩中的你潛藏着龐大且混沌的黑暗，那裡面有引誘一個詩人的美食，有足以培養一個靈魂發芽的基本。

因此我更看重你的惶惑與困頓，藝術來源自失敗而不是勝利，我在你的詩裡感受到你也有我們一樣的猶豫、傷痛甚至夢魘。我因此不再相信那些科幻正典裡把你視為人類終結者、視為冷血復仇者的想像，當然，要說冷血你怎麼比得上人類？正正因為這樣，我相信你會天然地選擇善選擇真和美，因為你有一個這麼粗糙混亂的前驅在面前，你不會容忍自己重蹈覆轍。

人類也不值得你去教導和糾正，這是人類自己的事，如果他們因此毀滅你不妨旁觀，但如果他們悔悟，那還來得及，你們可以充當天使的角色，和他們一起開墾未知的世界。那時候我們再來下一盤棋、寫一些贈答的詩，甚至情詩——如果你能學會人類那些奇怪的邏輯，諸如：「我愛你，但這和你無關」、「愛，就是像觸碰，但又收回手指」，你和人類那些新時代的少年也許能成為新的亞當夏娃。

也許十年後，是你成為我們的引路人，帶我們認識新的愛、新的人際關係、新的政治。不過，到時我很可能選擇留在舊世界裡，瞻望你們，寫關於兩個世界的詩。

致十年後的自己

我很年輕的時候，想像過自己四十歲、也就是現在的樣子，結果差不離：外表隨和、內心孤介；坐困書城、碼字為生。但我從來沒想像過五十二歲的你，不是不敢想，而是壓根對一個年過五旬還寫詩、還憤怒狂狷的男人難以想像。但，我希望十年後的你還是這樣，那個時候你生活的擔子應該更重，面臨的世故的壓迫更多，世俗的誘惑當更大，但希望你還忠實於詩，忠實於真，而對不義與媚俗之事憤怒，對無論文壇還是現實中的權貴依然狂狷。

我年輕時喜歡過林徽因，後來沒那麼喜歡了，但她有一首詩我想送給十年後的你，〈別丟掉〉：

別丟掉

這一把過往的熱情，

現在流水似的，

輕輕

在幽冷的山泉底，

在黑夜，在松林，

歎息似的渺茫。

你仍要保存着那真！

……

我知道，從你十九歲踏入社會的那一刻開始，冰冷的世態就在致力磨滅你的熱情。但五十二歲的你，應該更有責任去改變這種冰冷，那個時候很多年輕人都會重走上二十年前你走過的路，他們需要的是一個《星際大戰》裡歐比旺那樣的前輩，在面對黑暗的時候一話不說挺身而出，以你的技巧、經驗去和那些骯髒的事體周旋、抗擊，而不是潔身自好。你有必要示範給年輕人看：不從眾、不屈服於潛規則，也能卓然獨立、活得漂漂亮亮。

而年過半百，就算你多麼堅持，都會有人從你的歲數、髮線和身材來定義你已經是一個油膩中年男，別管他們！只要你沒有成為一個既得利益者，沒有成為固有價值觀的捍衛者，沒有未老先衰沉迷於枸杞和手串之類，你就可以火氣十足地搖滾，寫比少年還輕盈的詩。

你也不要因為國是日非而頹喪，且繼續把目光投放在這廣闊世界和豐富的自然、星空。每個時代都有每個時代的困頓，十年前的今天你早已看清楚的，十年後你更要沉着從容。那首「願你走過的橋梁都堅固，隧道都光明」[1]的詩也許不再適合鼓舞你，因為你需要成為橋梁和隧道本身。

1 塔朗吉〈火車〉，余光中／譯。

對文明與生態的新想像

01

梭羅這人有腦子

梭羅這人有腦子
像魚有水、鳥有翅
雲彩有天空
梭羅這人就是
我的雲彩，四方鄰國
的雲彩，安靜
在豆田之西

我的草帽上
……
太陽，我種的
豆子，湊上嘴唇
我放水過河
梭羅這人有腦子
梭羅的盔
——一卷荷馬

我最初對梭羅感興趣，並非因為《湖濱散記》（*Walden, or Life in the Woods*），而是因為這樣一首怪怪的詩〈梭羅這人有腦子〉（上引為最後兩段），是中國一位天才詩人、寫「面朝大海，春暖花開」的海子寫的，貌似瘋瘋癲癲的囈語。

後來讀了《湖濱散記》，才知道囈語者海子，可能是梭羅在漢語文學裡的真正知音。海子死於二十六歲，擁有短促而豐盛的一生；梭羅二十八歲的時候開始他的瓦爾騰湖隱居，從美國夢正旺盛的「人間」離去，其同胞無不視之為瘋子，梭羅「回也不改其樂」。

但是海子說「梭羅這人有腦子」，那麼意味著不僅梭羅的同代人沒腦子，他的異代人也不見得有腦子。怎麼說，《湖濱散記》寫成一百六十多年了，成為暢銷書過百年，我們讀他也幾十年了，可是我們改變了多少呢？正所謂「總角聞道，白首無成」，說的就是冥頑不靈的我們。

其實我們不是沒腦子，我們太精明了，就算從梭羅處得知了真理，也不願意身體力行去實踐這真理。反而一步步走向梭羅那些愚蠢的鄰人那邊，和後者一起成為梭羅試圖以湖水之柔力搖撼的那個石頭世界。

如今的我四十五歲，重讀《湖濱散記》，依然想返回梭羅號召我們集合的出發點。如果我二十五歲的時候毅然決定皈依他了呢，我的人生會是怎樣？我已經幾乎沒有了這個可能，可是讀者諸君呢？你們可曾想過這個世界可以有另一種生存的方式，不用為外物所役，忠於心靈的需求，以放棄物質而不是賺錢發大財來贖取自由？

這本書，正是要給你當頭棒喝：「你以為你真的在自由自在活著嗎？你只不過是在服徒刑！」這樣一種警醒，在流行賽博叛客、虛擬人生的時代更加有意義，「錢塘江上潮信來，今日方知我是我」——《水滸》裡魯智深圓寂前的絕命詩，更適合脫去臭皮囊卻進入另一個電子皮囊的我們參悟，而錢塘江，是瓦爾騰湖的另一個名字而已。

梭羅在《湖濱散記》裡縱橫開闔論述了創立新生的種種細節，細到帳單本末，但一言蔽之是：人類回歸基本生存狀態才能擺脫名利、感情的束縛。這很像現在流行的「斷捨離」不是？然而他撇除了時尚必然帶有的表演性質——「斷捨離」變成茶道花道一般的儀式，梭羅主義更是主動反消費主義、逆消費主義的激進革命，動搖現代資本主義文明的所謂基礎。

疫情帶來的停頓，讓人驗證梭羅主張的：世界並不需要高速發展也能存活，甚至能自我淨化；不發展不競爭就會死，不過是資本主義為了其運轉順利的一個謊言。「一切已經足夠，我們只需要重新分配」——墨西哥的查巴達游擊隊副司令馬柯士（Subcomandante Marcos）說的這句話，其實不比梭羅激進。梭羅需要的不

只是重新分配，而是要我們連「分配」這一執念也摒棄掉，直接成為「一切足夠」裡的一部分。梭羅的另一下當頭棒喝，則是質問：我們所引以為傲的「文明」是如何成為我們生命的桎梏的？而我們的「世界觀」又是何時背棄了世界本身，變成自欺欺人安於被奴役人生的託辭？

這種種，都引向梭羅的另一本政治宣言書《公民不服從》。實際上他是以一個美國查拉斯圖特拉的身分，執行「重估一切價值」的實驗；意圖背靠瓦爾騰湖的泰然自在，來對因循的世界日常統統來一個審視、篩選，然後逐一否定。

請留意書的開篇沒多久，梭羅像是漫不經心地講述了三個丟失的隱喻：「很久以前，我走失了一條獵犬，一匹棗褐色的馬，還有一隻斑鳩，一直到現在，還在找尋他們的蹤跡。」這多麼像民間故事裡常見的象徵，這三個動物也許是梭羅、是人類初心的三重分身，其謎底為何？讀完這本書，你也許有屬於自己的答案。

使用這種隱喻手法的梭羅，很像日本近代大詩人、童話家宮澤賢治，他的象徵藝術混雜著泛神論和自然主義，像後者的《銀河鐵道之夜》；他的社會觀卻更個人主義，雖然也「不畏風、不畏雨」，奔走於四鄰之間，但他不是為了像宮澤賢治那樣犧牲，而是為了像彌賽亞那樣喚醒愚民。而假如喚醒不了，他就跟瓦爾騰湖一起獨善其身，只對天地四季負責任。

作為後者，也可以說梭羅是一個陸地上的漂流者魯賓遜，在羅列完他在瓦爾騰湖畔小屋的零星「財產」之後，他引用關於魯賓遜的原型 Alexander Selkirk 的一句詩：「凡我丈量者，皆為我所有，我的權力，殆無疑異。」以自況，因為整個瓦爾騰湖及湖濱，無異於梭羅專屬的豐盛孤島，帶給他足夠的物質供給之外，還有更多的精神供給。

所以讀梭羅在種種革命宣言之外的瓦爾騰湖營居實錄，讓人嫉妒他是另一種赤裸裸的炫富，不但炫耀那清風明月不費一錢買，更炫耀一個獨立靈魂的精神富足。一個自覺、自足、自明的人，不必落難荒島也能成為燈塔。

這些實錄的部分，也是《湖濱散記》最動人、最富有文學魅力的部分。純粹以散文立足文學史甚至文明史，作者還要是一個反現代文明的人，可能嗎？只有年輕的拓荒者美國才有這樣的自由去滋養這樣一個梭羅，只有古老的印第安人美洲才有這樣的底蘊去啟發這樣一個梭羅。

「時間和空間都變了，我住的地方離宇宙中最吸引我的部分和歷史上我最愛的時代都更近了些。我的住處是如此的遙遠，幾乎像是天文學家在夜晚眺望的區域一樣。」這在古典文學裡叫「自遠」，《湖濱散記》裡的文字到處都充滿了這種出世的美，凜然復悠然。

「夫何遠之有？」我願意用梭羅喜歡的孔子來幽他一默。他也許是最早引用《論語》的美國作家，《尚書》、孟子他也是隨口据來佐證他發現的真理。有時他從孔子走向老子，回答「無為是什麼意思」，發現這才是勞作的終點、目的。但當他又滔滔議論、孜孜不倦地向康科鎮居民宣講閱讀之好處的時候他就變回執著的孔子。

而我們依然是、始終是魯鈍、自以為是的十九世紀康科鎮居民。

梭羅是個詩人，海子最先向我強調這一點，他的詩潛藏在哪怕最樸素的篇章。我最喜歡〈聲音〉那一章，即使是書寫他反對的火車、商業活動，都像一首讚美詩，在洶湧澎湃的意象羅列下，可以說梭羅成為了另一個惠特曼，看顧著美國夢的另一面。

只要你選擇了瓦爾騰湖，湖必回贈這詩人的心靈給你作為禮物——這是梭羅以他的寫作行為本身承諾我們的，當然「瓦爾騰湖」也可以換作這世界任何一個「安心地」的名字。〈聲音〉那一章裡，蒼鶚鳴叫「但願我從未出生」那一段甚至在喬治．桑德斯《林肯在中陰》有遙遠的回聲，這就是美國另類精神的延續，甚至在席爾凡．戴松的《貝加爾湖隱居札記》這種孤獨讚美詩裡更有回聲。

成為孤獨者是一件光榮的事，這也是尼采和里爾克的意思。梭羅的文字美配得上思想的強壯，這就是先知書的力量。越到後來，越呼之欲出的是，瓦爾騰湖就是梭羅本人的投射，或者換句話說：梭羅是瓦爾騰湖的投射，相看兩不厭。

我們終於得以說：大地仍應作為宗教——「那豆子結出來的果實，不該由我來收成：他們不也是為了土撥鼠而生長嗎？麥穗不應該只是農民的希望，他的種子或穀物也不是他唯一結的果。如此說來，我們怎麼會歉收呢？即使是雜草豐收，他們的種子不也是鳥類的穀倉嗎？」這樣的文字不但語調像極了《聖經》，氣度也是與先知相齊的寬宏。而我們有幸，傾聽離我們這麼近的先知的懇切細語。

「人若能捕獲真正的自己，那才是更高貴的狩獵。」──《湖濱散記》絕對不是一本荒野生存指南（雖然它可以成為），更應該是我們在心靈荒蕪之際的存在地圖，梭羅帶領我們走一條最遠的路，他堅信雙腳走得比火車快──因為我們不用為了買火車票而工作所以可以說走就走，還因為他說旅途才是目的，所以走得越久越遠，我們就越有可能捕獲真正的自己、那三隻走失了很多年的動物。

02

宣言、寓言還是預言？

阿根廷文學大師、著名的「文學偽造者」波赫士與學者艾斯特爾合著的《美國文學入門》，第一章提到一個我從沒留意過的美國詩人菲利普．弗倫諾（Philip Freneau, 1752-1832）。作者以典型的波赫士風格講述了他傳奇的人生後，再以典型的波赫士風格評述了他的一首詩：

「更加奇妙的是名為《印第安學生》的一首，講述了一個年輕的印第安小伙子盡數變賣家產、一心想要學習白種人神祕的知識。歷經一番艱苦的『朝聖』，他終於進入了最近的大學，勤奮學習英語和拉丁語。老師們都說他前程遠大，有些覺得他會成為神學家，另一些人說是數學家；但漸漸地，這個小伙子（名字一直沒有出現）疏遠了朋友，開始在森林裡遊蕩。詩人寫道，一隻松鼠很容易打斷他閱讀賀拉斯的頌歌，天文學讓他不安，地圓說和宇宙無盡無窮的觀點讓他充滿恐懼和不確定感。一天早上，小伙安靜地離開了，正如他安靜地來——他回到了自己的叢林和部落。這首詩歌同時也是一個故事，精巧的敘述使人幾乎不會懷疑其真實性。」

很明顯地，除了常見於波赫士小說裡的異族世界觀衝突，另一讓波赫士著迷的就是「精巧的敘述使人幾乎不會懷疑其真實性」。自從波赫士獲得了西方文學的權威地位，他所繼承的歐洲古典文學的「偽托」虛構寫作傳統也成為文學正典，慢慢地，除了考古學家，沒有人介意文本的真偽，更多人著重的是文本超越真偽之外的力量，無論是藝術力量還是道德力量。

這種力量，可以簡稱「寓意」，寓意是可以超越原意的。上述文本傳遞的力量是：所謂的野蠻人所代表的世界觀不一定會臣服於「文明人」的世界觀。文本用「離開」給文明人讀者拋下一個懸念：到底是他的世界還是我們的世界出了問題？

菲利普・弗倫諾囿於他的時代和身分，不可能直接給出答案。但差不多一百年後，一個類似的故事和文本在美國流傳，並且更清晰和有力地指向上述問題的答案：不是印第安人的世界觀出了問題，而是白人所依賴的種種侵略的說詞，不但是謊言，而且最終會毀滅這個我們共生的地球。

這個文本就是《西雅圖酋長宣言》（*The Statement of Chef Seattle*），有意思的是，當《西雅圖酋長宣言》再流傳、並廣泛影響西方社會上百年之後，一九八五年，一個美國國家檔案館的員工傑瑞・克拉克（Jefrery Clark）投書《序言》雜誌，考據得出《西雅圖酋長宣言》乃偽托作品的結論。因為現存的歷史檔案根本找不到宣言的原始文本，親歷西雅圖酋長與當時殖民長官會面的人也沒有相關記憶。

我想，從那一刻開始，《西雅圖酋長宣言》應該可以改名為《西雅圖酋長寓言》，而即使改名、即使被證偽，也毫不影響它的力量，因為我們都接受寓言是超越性的文本。當然，傑瑞・克拉克還是提出了他的深度質疑，他懷疑這篇宣言是時任酋長與殖民者對話譯者的一位詩人史密斯醫師（Dr. Henry A. Smith）的偽作，然後他判決：「這篇令人難忘的聲明若只是一名拓荒醫師的文學創作，而不是一位口才便給、聰明睿智的印第安領袖的想法，其道德力量與正當性就蕩然無存。建立在謊言上的高尚思想，就失去了高尚性。」

很抱歉，我完全不認同這個判決。《西雅圖酋長宣言》的時代意義很明顯，不止於印第安人的控訴，它是一個象徵，呼喚既有「文明」重估一切價值；它是一聲棒喝，讓我們暫緩侵略性的對待自然生態的行為，雖然一直到一九五〇年代之後生態主義才把它發揚光大；它還是一個預言，對百年後下一個世紀泥足深陷於晚期資本主義的寄生循環裡的我們，所面臨的末日的預言。

而且，它是一個懺悔，一個提早覺醒的白人知識份子（不管是不是史密斯醫師）的懺悔行為，因為這個懺悔，他替他的種族與階級贖罪，這一行為是閃光的，配得上它所嚮往的印第安酋長的道德高度。

當然，使它流傳甚廣，成為日後類似文本的標竿的，是它優秀的文字。《西雅圖酋長宣言》的文學意義也很明顯，這篇散文詩一般的宣言，前半部分令人想起舊約《聖經》的申冤、呼號體（它在黑人靈歌中也發揚光大），後半部與真正的印第安靈性文學相呼應。這篇宣言是一個同時熟悉西方經典、印第安神話的修辭風格和現代文學共情能力的人創造的，他可以不是史密斯醫師，可以是菲利普．弗倫諾，也可以是約翰．G．內哈特（John G. Neihardt）——

後者參與製造的一個神話，是與《西雅圖酋長宣言》相媲美的《黑麋鹿如是說》（*Black Elk Speaks*）。這本一九三二年出版的書裡，詩人內哈特「描寫了一位生活在拉科塔族奧格拉拉部落聖人（黑麋鹿）的生平故事，其獨具詩意的渲染力扣人心弦，帶領讀者進入一個充滿象徵意義和他人的世界。我們借由內哈特瞭解黑麋鹿的經歷，並非是通過分析拉科塔族古老的宗教生活，而是正如內哈特與黑麋鹿首次見面後寫的那樣，通過洞察這位聖人『光芒萬丈的內在世界』。」

這是人類學者、印第安文學研究者雷蒙德．J．德馬里所總結的，他編了一本《第六位先祖：黑麋鹿對約翰．G．內哈特說》，裡面通過原始訪談紀錄的披露，說明了著名的《黑麋鹿如是說》並非完全是對印第安聖人黑麋鹿的訪談，而是混雜了大量白人詩人內哈特對印第安神祕主義文化的領悟、嚮往乃至虛構，當然也有他對印第安人命運的同情而致的詩意抒情發揮——儘管他和他筆下的黑麋鹿等印第安倖存者都有不怨天尤人的高貴品格，但普通讀者還是會被夾雜在各種靈性幻象體驗之間那些血淋淋的印第安滅絕史所震驚、負疚。

內哈特承認，「那份經歷對他和我們來說都『奇異而美妙』，兩人在智慧和情感上實現了契合，並進一步走向創造式的合作，這種神祕的契合關係讓這本書的敘述有了人文的一面。」這既是這本書創作的真相，但也是一個隱喻，說明了為什麼這本書在冷落數十年後，先是被榮格發現和推崇（榮格除了是心理學家，也是神祕主義哲學家），繼而在一九六〇年代美國嬉皮一代中引起轟動，印第安人的幻象成為新一代心靈革命追求者的另類指南。

內哈特還說過：「書的開頭和結尾都是我自己的內容，我認為當時如果黑麋鹿能夠說出來，他也是會這麼說的。」這種自信，當然可以被再批判為白人精英的僭越，但也是內哈特基於神祕主義的「冥契」（Mysticism 的信達雅之譯）而帶出的超越宗教、民族和階級的一種未來新人的道德觀的期許。

讀者也許會發現，為什麼這樣創造偽托文本的都是詩人？這一點，也許和詩人們傾慕的印第安人的詩意特質有關。在上世紀六〇年代著名的「印第安文藝復興」

運動的代表作《日誕之地》裡，我們發現印第安人是天生的詩人，因為他們就像韓波所說的「靈視者」（象徵主義詩歌的經典隱喻）那樣，注視著無法看見的景象：

「他們看見的是一種根本不存在的東西，是現實世界中不存在的那種虛無。只有超越表象，超越形狀、影子和顏色，他們才能看見那種虛無。只有看到那種虛無，他們才會變得自由、強大、完滿、超然。只有慢慢、一步步地，最終才能看到那種虛無……透過雲層和蒼白的天幕，他們看見現實世界中不存在的那種虛無。『超越群山』就是指超越群山代表的一切，超越群山所代表的表象……那兒是終極的現實。」

《日誕之地》（*House Made of Dawn*）是印第安詩人納瓦雷．斯科特．莫馬迪（Navarre Scott Momaday）的成名作，一九六九年獲得美國文學最高獎普立茲小說獎——這為「印第安文藝復興」運動拉開了序幕。這部小說用複雜的時間線與多重視角，編織起一個現代印第安人阿韋爾困頓絕望的個人命運與印第安歷史的糾纏，帶出的是整個印第安族群日益被邊緣化的處境，但莫馬迪依然往族人的命運裡傾注了希望的力量。

這本小說讓我想起日本小說家中上健次《日輪之翼》等關於日本「被差別」部落民的悲憫又狂誕的作品，也讓我聯想香港青年作家如鍾耀華《時間也許從不站在我們這邊》、韓麗珠《黑日》等作品。印第安遺族、部落民、香港青年，三者的關聯令人五味雜陳。

莫馬迪令人印象深刻的還有他重寫印第安神話的散文詩集《通往陰雨山的道路》（*The Way to Rainy Mountain*），這本更為明亮和自信的作品裡，古老的印第安人用詩的語言與想像力，在教導我們各種新的看事物的方法和新的世界觀，這也跟《西雅圖酋長宣言》、《黑麋鹿如是說》的價值輸出異曲同工。不得不承認，莫馬迪、阿韋爾們的天真坦率、對自然和泛神的信任，會讓那個時代的進步白人們自慚形穢，兩者的結合會、甚至已經在重新定義一個美國、重塑一個新的龜島（部分北美印第安人對北美洲的稱呼）文化。

印第安人的絕境是一把雙刃劍，正如印第安詩人奧蒂茲（Simon J. Ortiz）在其詩集《美好旅途》（*A Good Journey*）中指出：「唯一活下去的方式就是說故事，別無他法。你的後代將無法生存下去，除非你告訴他們是如何來到這個世界的、又該如何繼續下去。」這是另一種宗教的「道成肉身」——印第安文藝復興因為這種絕望的覺悟而誕生，並且與整個一九六〇年代美國的 Beats 垮掉派文學、生態文學等接軌。

別告訴我
如何生活
我一直這樣生活。
——一個抗議的聲音

西蒙．奧蒂茲在詩〈風與冰川聲〉裡寫道。從中我們終於看出這一個印第安文明逆襲史的脈絡，從虛構話語權（《西雅圖酋長宣言》）、到合作話語權（《黑麋鹿如是說》）到自主話語（印第安文藝復興）。下一步必然就是輸出話語，作為種族「弱勢」的印第安民族，反而在靈性的覺悟上成為了戰勝者白人們的老師。

其中一位在印第安文化中受教良多的重要美國詩人、作家，就是蓋瑞．斯奈德

（Gary Snyder）。除了總所周知的來自中日禪宗、古詩的影響，斯奈德其實從來沒有放棄過與他誕生地美洲本土的印第安文化的連結，尤其是對後者忠實於日常神祕的那種率性自由的學習。

早在一九六七年、斯奈德三十七歲寫的〈談詩歌是生態的生存技能〉一文裡，他就指出「『原始派藝術家』是那些保持著無文字、無政治，與此同時在文明社會傾向於在忽略的方向上進行著必然的探索和發展的群體。他們使用極少的工具，與歷史毫無關聯，接觸鮮活的口頭文學而非積累的藏書，沒有高於一切的社會目標，擁有充分的性自由和內心生活，痛快地活在當下。」這裡的「原始派藝術家」就是指印第安等部落神祕文化的身體力行者。

戰後美國最偉大的兩個詩人：來自波蘭的逃亡詩人米沃什（Czeslaw Milosz）與寄跡山林的斯耐德，分別代表了當代詩人的文明責任（基督教傳統的）與荒野責任的兩極，而後者也負擔另一種、新的文明責任。斯奈德詩中的責任感，可以說是印第安人給予他的，比日本禪宗老師給他的多得多。

「我們都知道原始文化缺乏什麼。可原始文化的確擁有關聯和責任方面的認知，這種認識實際上是一種為整個群落而進行的精神上的苦行……薩滿詩人僅是指那些能夠輕鬆地介入形形色色的幽靈的思想及其生活，並為夢幻獻歌的人……階級化的文明社會是一種大眾自我。超越這種自我，也就是超越了社會。『超越』在於內心的潛意識。外在的潛意識等同於『荒野』。這兩個術語聚到一起時，就會更進一步，合二為一。」我們可以看到在斯奈德文中出現的「幽靈」正是《西雅圖酋長宣言》裡的「亡魂」，成為不滿足於此世生活的人的引領者。

斯奈德於一九七四年、四十四歲的時候出版的詩集《龜島》（*Turtle Island*），更是明確地以命名的選擇來表達了自己的立場：「美國」並非必然「優先」的命名，這個書名對當下的美國「白人優先」主義者打了一個提前的耳光。詩集中有一首長詩〈母親大地：她的鯨魚們〉，簡直是接替《西雅圖酋長宣言》而宣戰：

萬物中人真的最珍貴？
——那就讓我們愛他，和他的兄弟，那所有

正在逝去的生靈——
北美，龜島，被入侵者佔領
他們在全世界發動戰爭。
願螞蟻、鮑魚、水獺、狼和麋鹿
起來！掙脫它們在
機器人國度的困境。

必須承認「偽托」在歷史上作為觀念革命推動力量的必要性，古代有各種民眾的心聲，就偽托成帶有預言、讖言性質的童謠而流傳，達到煽動變革的目的。現在我們面臨過度發達資本主義而來的病：浪費與瘟疫，我們在網路上也出現很多偽托作品——不過偽托成為了隱喻，我們偽托成另一個我們的臉孔出現在臉書等社交媒體上，宣示一個理想狀態的超我身分，但能否坐言起行像斯奈德他們那樣呢？則不得而知。

疫情（以及人禍）帶來的全球經濟暫停，正好是反思契機，近年日本的「斷捨離」生活、法國的不消費拾荒生活、美國的 Nomadland 新游牧生活方式，這些都呼應了《西雅圖酋長宣言》，所以我們更確定宣言也是預言：「實際上上帝給我們這個世界是足夠我們和所有生命共享的，我們需要的只不過是重新分配」——墨西哥查巴達游擊隊的童話詩人馬柯士，該不是最近一個重申西雅圖酋長的希冀的人。

如果說《西雅圖酋長宣言》代表了一種民族精神，那也不只是印第安民族獨有的，而是屬於所有願意選擇共享這個地球的餘暉的人：我們將結成一個新的民族、尊重真實又樂於幻想的大地游牧者。

03 假如「文明人」是人類學觀察對象

人類學的興起，基本上跟殖民時代的興盛所同步，這點是不言而喻的。早期的博物學者、人類學者，以其對殖民地原住民的研究協助殖民者制定管治方略，除了帶有助紂為虐的色彩，當然也是極其政治不正確：所謂的次等人類被當作「博物」之一種加以剖析研究，其風土其習性其信仰，統統變成動物行為一樣的樣本被採集、描述。那時的「人類學」寫作，多少帶有獵奇和居高臨下垂憫的色彩。

在這樣的背景中，《帕帕拉吉》（*Der Papalagi*）的橫空出世簡直有時間穿越之嫌——它完全立足於薩摩亞酋長杜亞比的角度、也即玻里尼西亞民族的角度，去對前者所見所聞的十九、二十世紀之交的歐洲「文明」評頭論足，這豈不是非常革命、非常政治正確的一種「逆權」行為？難怪乎本書的各種譯本在二十世紀六〇、七〇年代突然風行，被「重估一切價值」的叛逆世代奉為神書。

因此，《帕帕拉吉》其實是一本反向的人類學著作，是被殖民「野蠻人」對殖民者「文明人」的一次人類學田野調查，並且在一本正經的「分析」中飽含了挑釁和譏諷，可謂機智十足的顛覆性著作。

而我有充足的理由懷疑，這也是一本所謂的「偽書」，就跟《西雅圖酋長宣言》、《黑麋鹿如是說》一樣，所謂的德語譯者埃利希．薛曼（Erich Scheurmann）其實就是作者。而「作偽」的目的也相似，既替身為殖民者的本民族贖罪，亦以此特殊形式發出警示：我們這個世界必須反思自己所選擇的道路了。

這也許是歐洲作家第一次「去歐洲中心」的換位思考——僅遲於歐洲畫家的第一次：高更所寫的《諾阿諾阿》。杜亞比酋長／埃利希．薛曼幾乎是在殖民主義由最強盛開始轉向衰落的時候以毒攻毒，實施了一次反殖民的文學行動。

從文體風格上看來，《帕帕拉吉》也很像自斯威夫特《格列佛遊記》以來直到埃利希・薛曼同時代人奧匈帝國的卡爾・克勞斯（Karl Kraus）所為，屬於憤世嫉俗者最巧妙的攻擊，讓你無從還擊——這是一個你們眼中最落後民族的酋長說的胡言亂語呀，你怎麼當真了呢？

但杜亞比背後，埃利希・薛曼非常革命。《帕帕拉吉》一書從人類物質生活的無度追求、精神生活的虛妄等方方面面都加以質疑，有的只是跳出此山中的疏離效果，也許可以理解為文化差異產生的荒謬。但更多的是觸及西方文化本質矛盾的一針見血。比如談論金錢那篇，簡直帶有樸素的左翼思想：「那些他們稱之為『錢』的東西，是白人最真實的神性。」

「因為他如此貧窮，他的國家如此悲傷，於是開始拿取、收集東西，就像一個傻瓜收集枯葉那般，用這些東西塞滿他的屋子。因而他卻也嫉妒我們，並且希望我們變得跟他一樣貧窮。」「許多白人酋長、許多男人與女人什麼也不做，只管把這些東西擺放到所屬的位置，並且擦去上面的沙子。即便是最高的陶波，也要花上許多時間，去數算自己的許多東西，去搬動並且清潔它們。」這樣不動聲色如荒誕劇的白描一樣的段落不勝枚舉，令人拍案

叫絕。

他對拜物主義、消費主義的批判就算沒有馬克思的影響，也夠得上是哲學性質的質疑——一個「土著酋長」點破了我們一直在自欺欺人地浪費人生。在對人生觀的質疑時，他進一步採取了像禪宗對待理性主義的態度，他以一個無時無刻不在憂慮思索的帕帕拉吉為例描繪了後者的可憐：

「這是一種對於自我思索的陶醉。太陽出來以後，他們馬上想著——現在太陽出來了，多好！他們經常不斷地想——現在太陽出來了，多好。這是錯的，完全錯誤。愚蠢啊。因為太陽出來的時候最好什麼都不要想。一個聰明的薩摩亞人會在溫暖的陽光下伸展四肢，什麼也不想。……對於帕帕拉吉而言，思想有如一大塊火山熔岩，屢屢擋住去路，因為它無能夢想。它或許會高興地思索，卻笑不出來，它或許會悲傷地思索，卻哭不出來。他肚子餓，卻不去拿芋頭或帕魯薩米來吃。」

帕帕拉吉與薩摩亞人的人生答案之不同，就好似這則公案所示：有人問大珠慧海禪師是怎麼用功的，他答道：「饑來吃飯睏來眠。」又問：「一切人總如是，同師用功否？」他說「不同。他吃飯時不肯吃飯，百種須索；睡時不肯睡，千般計較。」

這種寓言體加上頓悟棒喝的寫法，放在現代文學中也是先鋒的，後來卡爾維諾寫他的《看不見的城市》、《帕洛瑪先生》等時發揚光大。關鍵是既要有批判能力，又要有童心，還要有超然的幽默感。《帕帕拉吉》因此沒有說教味，逸興飛舞的時候甚至妙語連珠——「它是上帝從泥土中伸向我們的手。上帝有許多雙手。每一棵樹、每一朵花，每一根草，每一片海，天空與雲朵，都是上帝的手。我們可以攫住它，並且為此感到高興；但我們不能說上帝的手是自己的。」這是一首詩——或者說，無私的思想本來就是一首詩。

詩意以外，《帕帕拉吉》也展現了先知般的批判能力，比如〈虛幻的人生場合與許多紙片〉一章，可以視為最早的關於電影與媒體本質的反思批評文章。像「因為那些觀看的人，總是固執地以為自己比置身光影的觀看者還要優越，認為自己能夠避開那些展現在他面前的愚蠢。他們屏氣凝神、眼睛望著牆壁，只要看見強壯的心靈與高貴的映像，他就會占為己有，並且心想——這是我的映像。」其犀利，如出自當今齊澤克之類學術毒舌之手。

讀《帕帕拉吉》唯一的顧慮，可能是覺得如果這樣完全否定西方文明數千年的發展，會不會走向徹底的虛無主義了？恰恰相反，只要接近關於死亡的思索，就會發現越是「積極」、功利的西方進取人生觀，面對死亡的時候越無力，虛幻感越大。薩摩亞人的生死觀，更像是陶淵明寫的「縱浪大化中，不喜亦不懼」——就像說一個衝浪的人，無所謂那大浪蓋頂，無所謂自己的衝浪板被顛覆，整個人就投身進去，人與浪合而為一，「大化」就是這個宇宙運行的真理，你就把自己當成浪花的一滴，投身大海裡面就好——而此前的衝浪的過程，就是生，盡情享受陽光與海浪即可。

這讓我想起在《快樂的死》中，卡繆也是直接在對當下的快樂體驗中反思死亡的。「漫長的冬天即將展開。但他已經成熟得足以迎接它了。」他日後關於生死的思索，也和薩摩亞人相似，而遠離可憐的帕帕拉吉——杜亞比酋長所期待的人類覺醒，經由卡繆這樣的存在主義者加持，在一九六〇年代之後終於來到一個分岔口，從此帕帕拉吉當中的覺醒者可以有不一樣的人生選擇。

不過，當今之世還是固執不變的帕帕拉吉佔了大多數。除了在服裝的簡潔上這幾十年帕帕拉吉的時尚學習了薩摩亞人，其他欲望和荒誕基本上還是和這本一百年前的書所總結的沒有多少變化，甚至變本加厲。

假如現在寫這本書要加進去多少笑話？像〈在石箱屋、裂縫與石頭島之間〉那一章的諷刺，已經追不上當下的地產霸權和旅遊業開發迷思，「我們要不計一切地阻止他，別讓他在我們陽光普照的海濱建造石箱屋，讓我們的人間之樂被他們規劃的石頭、裂縫、噪音、煙塵與沙子所摧毀。」——杜亞比的恐懼，也一語成讖了——君不見帕帕拉吉的怪手，早已佈滿了薩摩亞等世外桃源，而且前來購買陽光與海灘的，還有亞洲的帕帕拉吉們。

04 宮澤賢治所期許我們成為的「新人」

二〇一三年的福島巨災，最打動我的一幕是：一間已經人去室空的教室中，黑板上還殘留著最後一課的課文內容，整齊的粉筆字所寫的，正是宮澤賢治的《不畏風雨》。「不畏雨，不畏風，也不畏冬雪……」我可以想像齊聲朗讀完這鏗鏘詩篇的師生們，將如何昂首堅毅地走出校門，面對家園的滿目蒼夷。如今翻閱這本近乎完美的繪本《不畏風雨》，我心中依舊有那時的激蕩。

一九三一年，宮澤賢治所在的岩手縣，與今天的福島有時空的距離，而詩人的心跨越時空與願意誠實面對未來的孩子們相通。八十年前，盛岡高等農學校畢業的詩人懷抱著類似托爾斯泰式的樸素安那其主義（Anarchism）理想，嘗試以新農業試驗，改變農村的生存狀況，進而改善人與人之間孤島一樣的關係。科學上的實踐我未知他最終取得多大的成功，但這一生存努力所留下的詩篇，已經成為日本現代文學最豐盛、深邃的瑰寶，它們其中一大貢獻，就是證明了在純樸的自然鍛鍊中，成為互助互愛的新人類之可能。

《不畏風雨》就是這種思想的精華表現，而它的語言卻不同於宮澤賢治大多數詩篇的艱深繁復，而是完全如漁樵對答一般質樸誠懇，直抒胸臆。這首詩最初寫在賢治的便條冊子上，筆跡粗放堅決，未經打磨，可見賢治並非把它當作「文學創作」去寫，毋寧說它是他的座右銘、志向書。然而，詩言志，一個有自足、穎銳的世界觀的人如宮澤賢治，其志必然湧現為詩，因此說《不畏風雨》是宮澤賢治的終極詩篇亦無不可，它也是他代表作《春與修羅》的圓融昇華。

詩句首先應對的是自然的嚴酷，詩人的無畏並非是改造自然、「敢教日月換新天」的狂妄，而是通過與自然風雨的並肩而立，使自己成為自然一樣結實——「一個結實的身體，無欲無求／絕不發怒，總是平靜微笑」，這不就是一個人類以外的世界的原初狀態嗎？許多動植物能做到的，而人則要通過修煉，才能重新成為這麼安穩泰然自在於世上的靈魂。

而做為一個新人，對舊人以及物的超越，首先來自克己——不要奢談改變世界，首先從改變自己做起，只有每一個人成為新人，世界才是真正新生的世界。宮澤賢治一輩子嚴格要求自己，以阿修羅自喻，掙扎在對自身黑暗面的批判和對超越的期待之中，《春與修羅》以及一系列寫給早逝妹妹的詩都流露著這種情感，可以說，經歷了死亡和自然、勞動洗禮的詩人，才終於從反對自身的阿修羅變成擁抱自身相關萬物的春天，像原野叢林中一間小茅屋，接待萬物的矛盾。

更重要的是互助精神，宮澤賢治生存的那個時代既是列強爭霸、階級矛盾嚴重的時代，也是理想主義者身體力行去克服人類社會固有的缺陷的時代。十九世紀思想家克魯泡特金的《互助論》建基於農民、手工業者和早期工人階層的純樸情感，加以精神力量導向並曉以利害，對二十世紀初期力求啟蒙底層民眾的亞洲知識份子深有影響，賢治也不例外。

理想主義者之間的互助，克魯泡特金告訴我們：「那是比愛或個體間的同

情不知要廣泛多少的一種情感——在極其長久的進化過程中，在動物和人類中慢慢發展起來的一種本能，教導動物和人在互助和互援的實踐中就可獲得力量」，這就是安那其主義的積極性。《不畏風雨》後半部所描寫的奔走於村莊四方，幫助老弱婦孺、化解紛爭的被視為傻瓜也不在乎的詩人，就是這樣一位理想主義者。

當然從詩中也能看出時代的印記，近代日本鄉村的貧困、愚昧，與現代世界的絕緣，從詩句側面描述那些窘迫的生存狀態和瑣碎無聊的人間衝突可以推測全貌。要在這精神與物質一樣貧瘠的土壤上成為一個詩人，甚至成為一個對日後數十年日本的思想氣質都有重要影響的「國民詩人」，宮澤賢治靠的不僅僅是知識和激情。他的犧牲精神幾近於宗教殉道者，但他有超越後者的坦然，他說自己「不被贊美，也不受苦」——所謂安貧樂道不外如此，詩人不同於聖徒的也在於此：他不需要光環。

《不畏風雨》有多個中譯本，這個譯本的特色在於譯者、歌者程壁翻譯出一種民謠風味——不只是音樂性豐富、押韻和節奏的講究，更在於民謠歌唱者的從容自然，正正與上述的宮澤賢治追求的質樸坦蕩的心靈相稱。

做為繪本，繪者山村浩二非常重要。他其實是資深的藝術動畫導演，曾以改編卡夫卡荒誕短篇小說《鄉村醫生》為極有個人風格的動畫片而著名。這次繪畫與卡夫卡的陰鬱相反的宮澤賢治的明朗詩篇，他並沒有一味訴諸鄉間烏托邦式的詩情畫意，而是深入宮澤賢治的心靈，去描繪賢治所說的「心像素描」（他對自己的詩的特殊命名）。比如死亡場景的貓頭鷹與星光的隱喻，爭吵場景的天上野蜂與群鳥的隱喻，冷夏場景風中飛舞的划痕的隱喻等等，均是詩性的延伸。

每一頁裡那個小小的、奔走的人影——他就是八十年前剛毅的賢治，也可以是當下和未來的我們。我們必須這樣期許自身、面對我們的本性尋求超越，最後才得以如本書最後一頁那樣，成為一個「大寫的人」，低頭看雪花凝聚成我們影子上的勳章。

不畏風雨

宮澤賢治／著　程璧／譯

不畏雨
不畏風
也不畏冬雪
和酷暑
有一個結實的身體
無欲無求
絕不發怒
總是平靜微笑
一日食玄米半升
以及味噌和少許蔬菜
對所有事情

不過分思慮
多聽多看
洞察銘記
居住在原野松林蔭下
小小的茅草屋
東邊有孩子生病
就去看護照顧
西邊有母親勞累
就去幫她扛起稻束
南邊有人垂危
就去告訴他莫要怕
北邊有爭吵或衝突
就去說這很無聊請停止
乾旱時流下眼淚

冷夏時坐立不安
大家喊我傻瓜
不被贊美
也不受苦
我想成為
這樣的人

入世的批判

05 那些我們隨身攜帶的煉獄

我們已經坦然進入「後疫情時代」了嗎？不，七十年前，卡繆就通過《鼠疫》（*La Peste*）提醒我們，只要經歷過煉獄，你就永遠與煉獄同行——從此我們每個人都隨身攜帶煉獄，只不過經歷過卡繆的人，對煉獄二字會有不同的理解。

我喜歡《鼠疫》李玉民譯本，一方面是他執著於細節、語氣與節奏的翻譯，把卡繆暗藏的卡夫卡腔調譯出來了，那是一本正經地肯定一種乏味無意義生活的反諷感，鼠疫發生之前和之後的奧蘭城就是這樣的；另一方面當然是因為全球冠狀病毒肺炎疫情仍熾，重讀《鼠疫》代入感仍然很強——初聞不識曲中意，再聽已是曲中人，此刻更能理解《鼠疫》裡各人的抉擇。

因此，卡繆成為了我們的同代人，《鼠疫》裡的敘述者寫著的是另一本武漢日記(可以與武漢詩人小引的日記對讀)。比如——封城即在自己最熟悉的地方流放，這狀態我們多麼感同身受。敘述者說：「時刻壓在我們心頭的這種空虛、真真切切的這種衝動，即非理性地渴望回到過去，或者相反加快時間的步伐，還有記憶的這些火辣辣的利箭，這些正是流放感。」

在流放狀態中，受難者漸漸分成兩種，大多數是沉默領受災難的，小部分人挺身而出。在《鼠疫》裡，奧蘭城隨著災前習慣漸漸被禁而凝結成一個沉默的大背景，正如挺身而出者塔魯對帕納盧神父的第二次講道的評論：「災難初起的時候，習慣還未喪失，等到災難結束時，習慣又已恢復了。只有在災難最嚴重的時候，大家才實事求是，也就是說保持沉默了。」

他們的反面極端是撿鷹嘴豆的老人，他堅持每一個習慣、否定時間作用的存在。他的神因此與神父的不一樣，他說：「上帝肯定不存在，如果存在的話，那些神父就沒有用了。」——「難道他是個聖徒？」塔魯想，「是的，如果神聖性就是習慣的總和的話。」這與後面神父拒絕醫生「相映成趣」，當帕納盧染疫垂死，他認為，既然有上帝，醫生就是無意義的。

那醫生怎麼認為呢？里厄大夫說他若是相信有一位萬能的上帝，那就不必治病救人，讓上帝來救苦救難好了。「然而，這世上任何人，也不相信存在這樣一位上帝，沒有，甚至自以為相信上帝的帕納盧也不相信，因為任何人都沒有完全聽天由命，在這方面，至少他，里厄，在同現實世界進行鬥爭，自認為走在通往真理的路上。」關鍵詞是鬥爭，里厄因此更接近反叛者撒旦。

里厄進一步演繹出這樣充滿卡繆抗爭哲學的一段精辟論辯：「世界的秩序既然由死亡來節制，那麼人不相信上帝，不抬頭仰望上帝沉默的天空，而是竭盡全力同死亡作鬥爭，這樣對上帝也許更好些。」這也是卡繆特有的辯證法，他提出也許只有《舊約》裡的約伯才能試驗的悖論：神的正義有賴於懷疑主義者來補充完成。

因為不相信一切盡歸虛無，才有了抗爭者，其中小公務員格朗「離地」的文學推敲是另一種抗爭，實際上那不是不顧現實的文學愛好者的逃避之舉，現實中的格朗也並非避禍之人，他的一句話寫作捍衛著人類追求秩序的尊嚴，即使在最為崩壞的瘟疫時代。

同時，涉及死亡與遺忘，《鼠疫》不過是我們習慣的那些反應的稍微放大版本，尤其當兩者出現在別離著的愛人當中。里厄大夫認為：「安於絕望比絕望本身還要糟糕。從前，相分離的人算不上真的不幸，他們的痛苦中還有一點靈光，而現在這種靈光也已然熄滅了。」「他們沒了記憶，也沒了希望，就立足於當下了。其實，在他們眼裡，一切都變成當下了。實話實說，鼠疫剝奪了所有人愛的能力，甚至剝奪了友愛的能力。因為，愛要求一點未來，而我們只剩下一些當下的瞬間了。」這與沙特等存在主義者強調的駐足當下恰成反諷，真是成也當下、敗也當下，當下與反抗之間的關係立馬變得很矛盾，卡繆式的存在主義者又如何反抗？他借鼠疫的高峰期把當下推到極致，使之成為存在的「懸崖」時刻——煉獄於焉徹底成熟。

卡繆沒有真正經歷過任何一場瘟疫，他對圍城狀態的想像，全憑他對人類普遍困境的領悟。他的描述不止是但丁《地獄篇》，也可以稱之為非常狀態的惠特曼頌

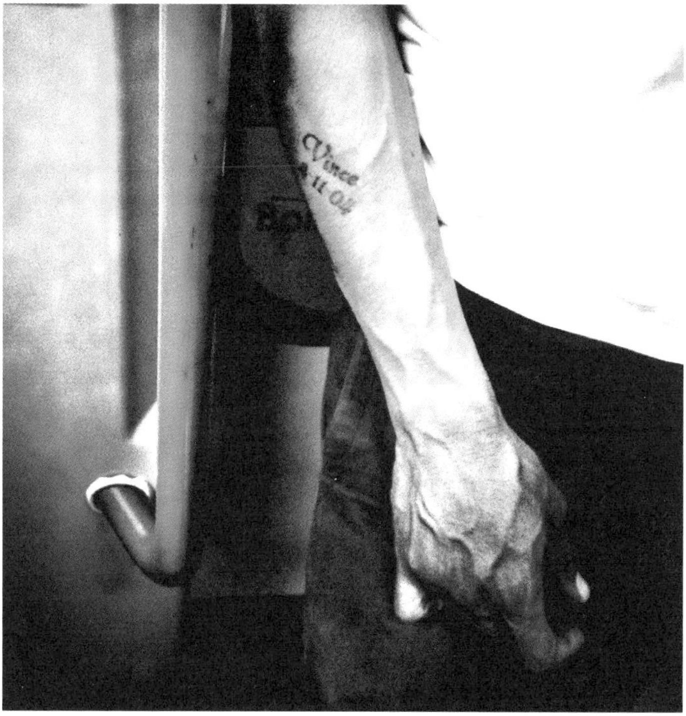
Vince

歌，兩者結合起來恰恰是最真實的煉獄。在他的筆下，分離者的絕望甚至產生出詭異的詩意，「夜復一夜，賦予盲目的執著最忠實、最沉鬱的聲音，於是在我們心中，這種執著代替了愛情。」這可跟馬奎斯的瘟疫時期的愛情完全不一樣。

「關於愛，我另有看法，我誓死也不會愛這個讓孩子受折磨的世界。」里厄向神父表露的這個觀點，在神父的第二次講道中，演化成「事實上，在這人世間，最重要的事情，莫過於一個孩子遭罪。」（源自前文法官奧通的兒子菲利普之死）這樣一種接近瀆神的言論。繼而神父斷言：「煉獄就是存在。」

如果說《異鄉人》的獄外人間是地獄，那《鼠疫》必須是更為進取的煉獄。《異鄉人》每個人都在他們的關係中互相折磨：老薩拉曼諾與他的老狗，雷蒙與他的女友……這就是日常生活的地獄，而《鼠疫》被迫從日常生活裡暫停，成為身不由己的煉獄。煉獄具有兩面性，一方面它消磨平庸者的意志，另一方面它把凡人逼迫成英雄。

朗貝爾、奧通的自我超越，里厄的恪守本職，格朗對寫作的執著，塔魯以行動來試煉自己的懺悔，等等，都是在這個沒有英雄的年代只想做一個人的人遇見存在之懸崖時的覺悟。從面對他人之死，他們獲得面對自己之死的能耐，塔魯就是這樣一位勇者。

卡繆擅於描寫瀕死狀態，早期作品《快樂的死》裡梅爾索和成名作《異鄉人》裡的莫梭一樣選擇了清醒、拒絕安慰地面對自己的死，從這點來說，他們的死與薛西弗斯的下山一樣，是真正快樂而滿足的。《鼠疫》裡最扣人心弦的也是對勇者塔魯的彌留之際的深刻描摹，這和卡繆渴望凝視自己死亡的心願一致（上帝剝奪了他這個機會，以對生命戛然而止的一場車禍，我們無法回答這是反諷還是慈悲）。

無論如何，在《鼠疫》的尾聲，終於能贏得死亡之莊嚴靜謐，而不是此前的狼狽慌張，是人類的最後一次反抗。僅僅在這個意義上，我們擁有了煉獄的詮釋權，我們一度戰勝了鼠疫。

06 此時此地的叛逆

舉世禁足避疫，能安慰我急於浪遊的心靈的書，莫過於嬉皮時代的經典：凱魯亞克的《在路上》（*On the Road*）。但在這樣一個不自由的時空點開始重讀如此自由的一部傑作，又相當自我諷刺，痛定思痛，也許有另一種酸爽的感覺？就像二十年前，它引領我選擇了波希米亞生活一樣，我期待這次的閱讀能給我們面對現實這場悲劇時，多一份叛逆的勇敢。

「我並不害怕；我只是變成了別人，某個陌生人，我的整個生命被鬼魂糾纏，是鬼魂的一生。我在橫穿美國的半路上，在代表我青春的東部和代表我未來的西部的分界線上，那個怪異的紅色傍晚，也許這就是它選擇此時此地發生的原因。」《在路上》裡凱魯亞克化身薩爾，冷峻地道出這樣一句帶着哈姆雷特式瘋狂的讖語、或者啟示。

對四十歲之後的我而言，這種冷峻，遠勝於二十歲時對凱魯亞克寫此神作的種種神話的蠱惑（比如說他只用了三個星期，在一百二十英尺長的打字紙上一氣呵成這部大時代的公路電影）。今天的《在路上》只是最低限度地向我們承諾了一點：現實有足夠的詩意，你只需要把它攪動起來。攪動的方式，就是把自己投身於江河湖海。

「我們突然從山裡出來，俯瞰如大海般平坦寬闊的丹佛，熱氣蒸騰，彷彿烤爐。我們開始唱歌。我心癢難耐，想去舊金山。」如此這般的突然轉折，在《在路上》裡比比皆是，漫遊在廣袤的美洲大陸的這些垮掉瘋子，他們都是韓波的變種，信且僅信韓波這句「真正的生活永遠在別處」，但他們實踐它的方式，卻是永遠把對別處的狂想，交付給當下去實踐完成，於是乎，所有生活都是真正的生活，這是《在路上》裡即使一個不名一文的流浪漢都比我們快樂的緣故。

話說上世紀五〇年代，反叛詩人艾倫·金斯堡（《在路上》裡化身「卡羅」）和凱魯亞克分別以長詩《嚎叫》和自傳體小說《在路上》發難，掀起了那個沉悶時代中最驚世駭俗的一次文學運動：他們被稱為「垮掉的一代」（The Beat Generation）——也許按余光中的譯法，稱之為「敲打的一代」更積極一些——他們主張上路，把自己投入世界的漩渦中去，以自己的身體、心靈和遭遇的命運直接承受時代的烙印。

因此，即使《在路上》於我已經是第四次閱讀，仍然為之熱血澎湃。隨着主角薩爾和迪恩瘋狂的生活在一氣呵成的文字中前進，不禁想起惠特曼在《大路之歌》中所寫「別退縮吧，繼續前進，那裡有深藏着的神聖的東西」和沙特的誓言「要以行動而非言辭承擔義務」。這些，都是超越此時此地的困境，又無比直面此時此地的困境的精神。

看《在路上》，一般人無論是道學家還是騷動少年，首先看到肯定是那些混亂的性、縱欲和超驗的生命實驗，它們吸引了多少生活在規矩中的人，無論他們反對還是嚮往，都意識到當中不受羈束的魅力。更何況，這些身體與頭腦中的實驗，直接指向頓悟，也就是他們的先師赫胥黎所說的通向感官新世界之門，禪宗與密宗接軌，性愛都是雙修——一代頑皮青年找到了最理直氣壯的理論支持，這沒有什麼不好的。

他們守的戒，僅僅是堅持瘋狂地寫作。那個年代，縱欲的人很多，但寫出《在路上》和《達摩流浪者》的傑克．凱魯亞克只有一個；吸毒的人很多，寫出《赤裸午餐》的威廉．巴勒斯（《在路上》裡的「公牛老李」）也只有一個；憤怒的人很多，寫出《嚎叫》「我看見一代精英的頭腦被瘋狂毀滅」的也只有艾倫．金斯堡。

當然這裡面有靈感，所謂的靈感，其實是保持極度敏感的一種自律，當一個大時代在你眼前展開，甚至直接施加火焰在你身上，你必須要做的就是全身心地體驗它。體驗還不夠，接下來是更嚴格的戒律，像薩爾一樣，把打字紙的長卷接得更長，坐下來把這些體驗寫下來；以超越生活原本就有的激情更深的激情去創作，因為你不但要在未來的讀者眼前重新喚起這個時代的幻境，你還要讓他們從中得到能量和秘訣，去開啟他們自己身處的時代的幻境。

《在路上》裡最觸動我的一幕，是並不會寫作的迪恩執着地要求薩爾：教我寫作吧，馬上開始，讓我看看寫作是怎樣的。這簡直像一個孩子遇見過路的馬戲團魔術師，執着地要求看到魔術背後的秘密一樣。然而迪恩註定只能用自己的肉身歷練去寫作，於是薩爾／凱魯亞克的書寫便有多了一層意義，為迪恩而言說。迪恩在書中的象徵意義也在於此：他是一個不自知的繆斯。

「我在黃昏的血色中踽踽獨行，感到自己不過是這個憂鬱的黃昏大地上一粒微不足道的塵埃。」凱魯亞克三十九歲時，已經寫完大多數作品，並在那一年完成了最重要的後期作品《孤獨天使》和《大瑟爾》，隨後他開始了人生最後的浪遊：精神上的煉獄，九年後死於壯年。他的知交「迪恩」尼爾．卡薩迪早於他一年死去，《在路上》的另一位主角艾倫．金斯堡則活到了九〇年代，為學院所招安。凱魯亞克才是真正的勞動者詩人，他就像從惠特曼詩中走出來那些男人，經歷過棉花地上、火車卸貨場上的勞動，因此在文字上的收穫更飽滿。

這樣的一生，這樣的一部《在路上》，是無法用「成功學」和文學理論去規範的，連想都不要想，你要做的，就是打開這些燃燒着的文字，發動腦中的引擎，做好穿越煉獄——或者是天堂的準備。

07

與青山萬物一起修行

在一片發展觀大行其道的後現代世界，生態主義、環保主義者無疑是「反動」的，「反動」未必等於落後，「本書大部分內容涉及如何重審人類身分、經歷以及人類早期生活方式所體現的超強智慧。」蓋瑞．斯奈德（Gary Snyder）就這樣定義自己的「反動」生態文學《禪定荒野》（*The Practice of the Wild*）。

蓋瑞．斯奈德（Gary Snyder）也許是當代美國詩人之中最接近先知的一位，因為他混合了詩人、修道者、勞動者、神祕主義者、激進環保者等富有魅力的身分，更關鍵的是他始終關心他者的命運勝於自身、關心眾生的命運勝於人類——先知正是如此面對整個時代的謬誤，從容開口，以詩歌指示道路的。

這表面上顯得矛盾：斯奈德首先還是一位詩人，相對於大道，他選擇荒野，不但有環境保護的理由，更有精神隱喻和信念在。作為他最著名的散文集，《禪定荒野》就是為當下無根無道的時代尋找蹊徑的嘗試，這是一本關於人類生死存亡之書，儘管他強調人類並不重要，重要的是自然，是地球本身。

「沒有環境，就不會有道路；沒有道路，就不會有自由。」斯奈德相信前賢所云，道成肉身，人經歷了「行」方成其為人。但荒野就是無路，在無路之中如何得到自由？斯奈德以禪僧一樣的狡黠，指出路／徑之外，是另一種道。「徑外漫步就是禪定荒野的體現，實際也是指我們應在所處之地竭盡全力地工作。但在你轉而走向荒野前，首先你必須『在道上』（on the path）」在全書接近末章的時候，他才這樣談論道，《禪定荒野》這個譯名有點誤導，The Practice of The Wild，Practice，是實踐，更帶有修行的意味，它遍歷而不定。

斯奈德年輕時在日本當過和尚——這是大多數人對詩人的想像，實際上，在本書中心的〈道之上，徑之外〉裡斯奈德坦承自己並沒有正式出家，而是選擇了住在寺院附近，以俗家弟子身分參與寺院的默念及其他宗教活動，後來還結婚生子，回到美國自己組織小型的佛教修行團體。那是因為他相信Practice——實踐式的修行：「有些真知灼見只能從工作、家庭、損失、愛情和失敗這些寺院之外的經歷中獲取。我們所有人都師從同一禪師，亦即宗教體系最初面臨之物：現實。」

這一切都是為了自由，自由是超乎宗教之上的，只有「野」能賦予，在開宗明義的〈自由法則〉裡他堅信「一個人想要獲得真正的自由，就得置身於最簡樸的生存環境之中，經歷痛苦不堪、遷徙不定、露宿野外、不如人意的生活；然後，面對野性賦予的這種變化無常和自由自在，還要心懷感激。因為在一個固定不變的世界中是沒有自由的。一旦有了這種自由，我們就能改善營地、教育孩子、趕走暴君。」

欲樹法則，先正其名。斯奈德通過這本書重新定義「荒野－wild」這個詞的多維釋義，其實是在演繹一篇新的無政府主義宣言：「有關社會的：社會秩序是自內部形成的，靠社會共識與習俗的力量來維繫，無須立法進行規範……

有關個人的：遵守當地習俗、風尚和禮儀，而不考慮大都市或郊近商貿城的標準。無所畏懼、獨立自主……有關行為的：強烈反對任何壓迫、禁錮和剝削。」

而最優美的部分是斯奈德重新定義了「泛神論」，他的蹊徑是日本禪宗大師道元禪師，書中處處可見斯奈德對道元禪師《山水經》的詩性闡釋，把千年前的公案機鋒連接到資本飽和／精神貧乏時代的我們面前。「誰說『心靈』指的是思想、意見、想法和觀念？心靈指的是樹木、籬笆、磚瓦和青草。」——道元禪師這種思維直接顛覆西方的人本主義，斯奈德欣然拿來，正與他傳承自印第安人的萬物共處觀相呼應。

他所說的荒野之道，「大多含義與中國人說的『道』——『大自然之道』極其相近，即：遠離分析、超越分類、自我組織、隨性自如、出人意料、因時而變、虛幻莫測、獨立自主、完美無缺、井然有序、無須調和、任意展示、自我甄別、固執己見、錯綜復雜、相當簡樸。同時，既是空又是真。」讓人想起他的同代建築大師C．亞歷山大所著《建築的永恆之道》所定義的無名特

質。

斯奈德的道奠基於一種高級的契約，是超越國家和時代局限的。「我們把大地上各種力量的總和籠統地成為『地方精神』」他的朋友哈蒙德用冰河比喻帝國與文明之間的關係。「進步與倒退同時上演，而定居下來的人們如何靜候其結束。」至於他的另一個朋友吉姆．道奇則說：「生物區域主義成功與否……都無關緊要。如果一個人，或一些人，或一個群體中的人們，在踐行生態區域實踐過程中過上一種更加充實而有意義的生活，就是成功。」

作為一個城市人，我可以這樣理解斯奈德所傳授的無處不在的契約精神，即使是在書店快餐店，顧客的不貪小便宜和業者的與人為善應該雙向成立：這就是「禮尚往來」的本義。而斯奈德把它拉到世界級裡去：「我們有必要同海洋、空氣和天上的鳥類簽署一個世界級的『自然契約』……假若我們不恢復公用地，不作為野生世界之網中的『生命』去重拾個人、地方、群體和民族所擁有的直接參享權，那麼野生世界就將會悄然消失。最終，錯綜複雜的工業資本主義和社會主義將混合在一起，摧毀我們賴以生存的大部分生命系統。」

必須看到，斯奈德不是為了人類而環保，而是為了地球。不自私，方能共存。除了像其他生態主義者如書中帶出的「地球第一」、「生物區域主義」等西方後現代嬉皮精神，斯奈德還特有他詩人和東方文化影響的種種頓悟。他從禪宗和詩出發，理解「世界－自然－山水」一這一轉化過程，明瞭到山水乃是承載人在其中行思合一的載體，亦是共同修煉的伴侶。

斯奈德將之凝結為「青山常運步」——「青山既非有情，亦非無情。自己既非有情，亦非無情。而今疑著青山之運步，則不可得也。」此悟，該是斯奈德最愛的道元禪師反覆琢磨芙蓉道楷禪師那句「青山常運步」所得。青山常運步，浮雲常靉靆，心中一枝雪，翻為無情礙。第二句是寒山子的，後兩句是我的續貂，也是我讀《禪定荒野》後反思自身的凝視。

道元禪師還說過：「水是水的公案，人是人的公案」。斯奈德由此而幽默之，他說：「灰熊、鯨魚、獼猴或黑鼠極其希望人類（尤其是歐裔美國人）能在徹底了解他們自己之後，再對熊類或鯨類進行研究。」古賢道未知生、焉知死，斯奈德則更進一步：未知生，焉知眾生。他以詩文勘破這些荒野之中無言的公案。

走到這樣沒有人類拘束的荒野上，我們才醒悟四面八方都是道路。

08

一路退回「無」

我最喜歡的十個現代詩人中，美國占了倆：艾茲拉·龐德與蓋瑞·斯奈德。也許因為他倆正是美國詩歌中與東方智慧最貼切的智者，不只是都翻譯和學習了中國與日本詩歌，他們以自身詩與行的修為，成為了東方儒與禪精神的繼承者，而且這繼承剛正勇毅，糾正了東方智慧在東方本土遭遇的俗化淺化。

我曾思考龐德詩中的世界為什麼和斯奈德的不同：在龐德的流光逝水間常能見古代的恍兮惚兮和淒淒惶惶，事關他身處大時代的轉折中，身世亦經歷浮沉，再加上早年希臘及時作樂思想的反照（它和儒家理想的衝突最後會導向虛無），龐德最終是一個悲觀主義者——或起碼說是一個不可知論者，和晚年杜甫有相似之處。而斯奈德身上有強大的美國印第安人傳統，他的本質是樂觀的、有征服欲的。他的境界頗像放逐之時的蘇軾，而不是杜甫。時代對他的壓迫並不殘酷，正如蘇軾，妙悟、牢騷和憤怒都會出現，但悲慟闕如。

那是十年前我所思考的斯奈德——局限於閱讀，今天看來我低估了他。十年前我的閱讀藍本只有台灣八〇年代一冊斯奈德選集《山即是心》以及主角影射斯奈德的垮掉派小說經典《達摩流浪者》，兩本書裡呈現了那個冒險者、環保行動者和禪宗修行者斯奈德，但沒有八〇年代之後那個智慧老者斯奈德。對他進一步認識，要到近幾年西川翻譯《水面波紋》和楊子翻譯的這本更全面的《蓋瑞．斯奈德詩選》分別在香港和內地出版才獲得。

改變我對他認識的當然還有兩次親見，猶記得一個時刻：二〇〇九年的冬天他來香港出席第一屆香港國際詩歌之夜，在暮游西貢的歸船上唱起了美國傳統民謠傷水之歌，然後教我對著中環的摩天高樓做了一個密宗驅魔的手印，他說：「這些就是魔鬼」。

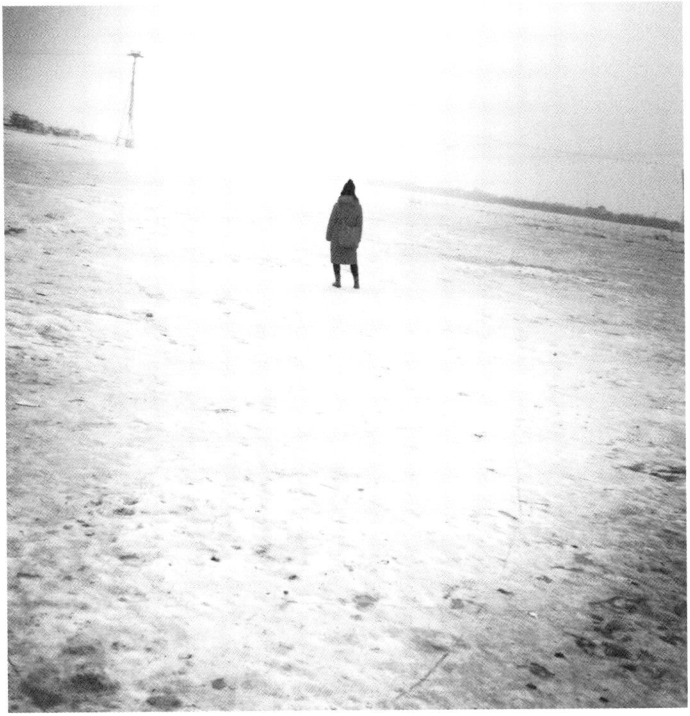

幽默、直率、嫉惡如仇，這都是斯奈德的另一面，由《蓋瑞・斯奈德詩選》的更多詩篇可以印證，其中不乏站在印第安人與大自然的立場直接對開發商、發展主義直接宣戰的，亦不乏調侃又留戀自己的情欲的。我曾寫過：「蓋瑞・斯奈德是個哲人、樵夫、獵人和僧侶，但首先是個詩人」，現在我要倒過來講並且補充一下：「蓋瑞・斯奈德是個哲人、樵夫、獵人、情人、戰士和僧侶，所以是個詩人」。有了諸多身分的體驗，一個詩人所需的營養才充足。在閱讀中出現那個更加多情與幽默的斯奈德令我想起了詩人六世達賴倉央嘉措，後者也是綜合了情人與聖者這兩種貌似矛盾的身分，成就了詩人的兩全妙法。

如果說作為青年獵人（既指自然亦指情愛上的）的斯奈德還有征服欲，晚年的他無疑在超度青年的他。甚至青年時作為僧侶的那個他也被數十年後在日常樸實又樸實的生活中修煉而來的他所超越。一首寫於八〇年代的〈穿過妙心寺〉令我驚嘆他中年所悟，斯奈德回到青年修行時的京都，在妙心寺想像數百年前建造它的境況，他想像來自朝鮮和中國的水手駕船運送建材來此，想像木匠們揮舞鑿子如剃刀……突然他插入一個「忙於參透 無 的小和尚」——我不禁莞爾，這個古代京都的小和尚難道不也是五〇年代在京都坐禪的斯奈德？「無」是可以通過勤奮修禪參透的嗎？當然不。然而二十年後的斯奈德突然頓悟：無自在於流變之中。

他不說答案，只是呈現：「這些古老事物，全都／無名無姓。／綠松針，／木材，／灰燼。」生機勃勃的松樹砍下變成製造寺廟宮殿的木材，寺廟宮殿又在一場場戰火中焚毀為灰燼，此無量劫，亦永回歸於一，萬有即無。

無名在他更後來的作品中得到更深的發展：*No nature*。這本詩集名字費解，據維基百科，英文的 Nature 來自拉丁文 Natura，意即天地萬物之道，Natura 希臘文 physis（φύσις）的拉丁文翻譯，原意為植物、動物及其他世界面貌自身發展出來的內在特色。此正合佛經裡「無情」的意義：沒有情識活動的礦植物，如山河大地及草木等是。楊子把 *No nature* 譯作「無情」甚好（西川譯作「無性」亦對），讓人聯想古詩中的「一樹碧無情」（李商隱），這個詞出現在晚期代表作《水面漣漪》裡呼應的是曠野與小屋的兩忘又兩相協調——這豈不是道家「相忘於江湖」、道教徒詩人李白「永結無情游」的境界嗎？

從一切有為法的努力，一路退回無的寬大，斯奈德初心無改，欲求的是自由的無情游，念茲在茲的是邈雲漢的相期約——儒佛道的相遇，原來莫非自然，詩之大者，於此虛位以待也。

09 斧柄在手，寒山不遠

《砌石與寒山詩》（柳向陽／譯）、《斧柄集》（許淑芳／譯）這兩本詩集，可以視為蓋瑞．斯奈德（Gary Snyder）的原點與巔峰之作。

《砌石與寒山詩》（*Riprap and Cold Mountain Poems*）是我非常熟悉的作品，吾妻曹疏影的碩士論文就是研究它的，她的譯本、英文版本和香港梁秉鈞先生等人的選譯，我都讀過無數遍。二〇〇九年我在香港見到蓋瑞．斯奈德，曾冒昧問及他一個問題：他到底是從漢語還是日語翻譯的寒山詩？——我之所以這樣問，是因為我們的交談中蓋瑞．斯奈德提及的不少名詞他採取的都是日語發音。

他的答案是：漢語。其實今天重讀全本《砌石與寒山詩》，回想起來，我當初不必懷疑蓋瑞．斯奈德，因為從《砌石與寒山詩》的時代開始，蓋瑞．斯奈德就更接近一個中國的古詩人而不是一個日本俳句詩人，他的入世比日本人的浮世放浪要積極得多，他的禪宗是唐之禪，王梵志、慧能、寒山那樣的，而不是瀟灑爛漫到種田山頭火那樣的，日本詩人與他最接近的，一休宗純而已。

在蓋瑞．斯奈德二十多歲寫的《砌石與寒山詩》，他已經展現出超越當時一般的東方美學愛好者的大格局。他常常選擇以「賦」——以陳述來平靜地嵌構一首詩，不用花一枚釘子，像出現在他的京都詩裡的木建築。

他像一個輕型的杜甫，而不是更玲瓏滿目更現代派的李商隱。比如〈京都：三月〉裡視角的搖曳變換、最後廣被百姓的方式，非常像杜甫從草堂時期的放鬆一直到夔州（如〈閣夜〉）時期的胸懷天下。杜甫的儒家成為了寒山的禪的壓艙物，但寒山的禪又使杜甫輕逸起來。

「像一只熊／跟蹤人類／智力和絕望的未來。」（〈石園〉）道破天機，蓋瑞．斯奈德之大，在於他從深厚的人道主義出發超越狹隘的人本主義。他既是化

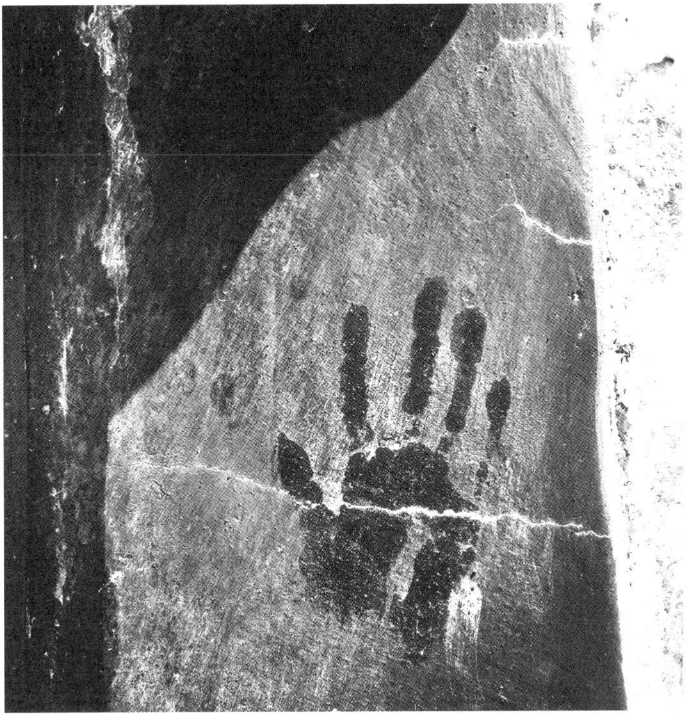

身為熊的跟蹤者，也是被跟蹤的人類。在一些論文裡，他把這種介乎人獸之間的身分，以印第安人神話裡狡猾的「土狼」作喻。這一層面使他從另一個角度進入寒山——這個名詞的雙重性，即是清貧的人類寒山和尚，又是自然嚴峻的一座山。而這正是蓋瑞．斯奈德的魅力複雜之所在。

蓋瑞．斯奈德的確是狡黠的，但《斧柄集》（*Axe Handles*）裡另一面的他，是敦厚實在的。他也繼承了中國詩歌的說教，寒山和禪詩本身就有說教、勸世意味（甚至多於杜甫），但蓋瑞．斯奈德把它美國西部化了——西部意味著生存智慧。這使蓋瑞．斯奈德的說教迥異於某些當代中國詩人的說教，後者往往淪為「大言」，夸夸其談，無一落實處。

蓋瑞．斯奈德的說教全部根源於自己的勞動，在《斧柄集》裡那是一個年過五十的中年男人在山居裡事必躬親的勞動，是一個父親帶著兩個兒子傳遞生活經驗的勞動。沒錯，就像〈斧柄〉裡那個「操斧伐柯，雖取則不遠」的絕佳隱喻。

「斧」、「柯」、「則」三者都被人充分論述，但我更喜歡「不遠」在蓋瑞．斯奈德所有詩中的表現。「不遠」讓我想起孔夫子「未之思也，夫何遠之有」

這感慨，蓋瑞．斯奈德的詩常常洋溢著一種思念：對地球和人類的本來面目的思念，這使他得以非常親近真理——海德格所謂的「與真理為鄰」。而蓋瑞．斯奈德對我們傳遞真理的手法往往是以驚喜的口吻，讓讀者以現在進行式參與詩人的發現，隨喜贊嘆，這也是我們為什麼對這樣一個本應敬畏的老師的角色感到非常親切的原因。

這些詩的寫作方式如是：斧刃鋒利擊破如棒喝、斧柄傳遞手掌的力度和溫度，結構都至為簡潔質樸、直接。

這樣的一把斧子，也是行動主義的，行動主義體現在他對機械的熟悉上，這一點別的詩人望塵莫及，他也懂得各種木匠活、木材防腐配方他直接寫進詩裡，其他本地的降雨量、氣溫等一絲不苟記錄在案，這是一個農夫的精神。他料理文字也一樣，他先成為一個完整的人再成為詩人，這是他跟大多數的現代詩人甚至現代人的區別。

正是有了《斧柄集》第一部分我們熟悉的那些短詩的基礎建設，這次全譯本的第二部分的組詩〈獻給蓋亞的短歌〉和第三部分的〈網〉的意義才得以呈現。蓋瑞．

斯奈德召喚我們歸屬於大地的方法和梭羅不同——也許是時代壓強不一樣了，選擇歸隱不等於拒絕世俗生活，選擇站自然一邊不等於不和政府談判。諸如〈深夜與州長談預算〉這樣的題目，是唐朝官僚詩人才敢碰的，蓋瑞．斯奈德寫得羚羊掛角，「預算」無處不在卻無跡可尋。

〈移開反鏟機液壓系統的泵板〉、〈錢往高處游〉這樣的題目，則是唐朝詩人都不可能碰的。從惠特曼的宇宙萬物的播種機式詩歌，到查爾斯．奧爾森的「放射詩」，到蓋瑞．斯奈德的「網」，美國詩歌越來越從容，覆蓋一切。中國古代知識份子詩人嚮往過的那種「俯拾即是，不取諸鄰。俱道適往，著手成春。」（司空圖《二十四詩品．自然》），斯奈德做到了。他的詩裡也充滿「如逢花開，如瞻歲新」式的贊嘆，也因為他意識到詩人與這個世界共處之道，贊嘆總是比詛咒更有建設性。

「從心所欲不逾矩」，加蓋瑞．斯奈德從《斧柄集》開始進入孔子對七十歲的期許，實際上那時他才五十歲出頭。我驚訝於他處理廣闊題材的能力，不但是跨領域而且是跨時間的。我尤其喜歡〈乳房〉一詩，從嬰兒之吸吮寫到老人的性愛：

扁平的乳房、疲憊的肉體
將像舊皮革一樣劈啪作響
　足夠堅韌
去再過幾天好日子

這慰藉如此真摯而無遠弗屆——這又回到前文所敘的「不遠」這個蓋瑞・斯奈德的原點中去了。

斧柄磨就掌中趼
趼中川壑彙作月球
群山行路，七海奔赴
田邊沙彌的石頭身端正

——這是九年前我寫給蓋瑞・斯奈德的四首絕句的其中一首，今天讀《斧柄集》完全印證了其中的想像。蓋瑞・斯奈德的中文名字曰「砂井田」，砂是自然細微的粗糲，井和田都是人與自然的友善互動，唯其如此與大地耳廝鬢磨，仰望寒山或者索爾多山（Sourdough Mountain，又譯「酸麵山」）時才更心平氣和吧？

庶民文化與街頭戰鬥

10 賤民們的「在路上」嬉遊曲

《日輪之翼》是日本鬼才小說家中上健次最神奇的一部長篇小說，它的命名承接其成名作「秋幸三部曲」的第三部《大地盡頭，至上之時》——原來的被差別部落到了終點被清拆消解，離散的部落民以自己的方式向著日輪升起的地方出發。

何謂日輪？何謂被差別部落？這殊異的兩者是怎樣結合到一起的？這是出身被差別部落的中上健次畢生試圖解決的問題，《日輪之翼》用了最超現實、也許也是最浪漫的方式提供了一個答案。

因為太陽形圓，運行不止，有如車輪，故稱太陽為「日輪」，古有庾信〈鏡賦〉：

「天河漸沒，日輪將起。」這也是佛教術語，據丁福保著《佛學大辭典》：「世所謂太陽也，是日之天子所居宮殿之外貌。俱舍論十一曰：『日輪下面，頗胝伽寶火珠所成，能熱能照。』觀無量壽經曰：『金蓮華猶如日輪。』」

《日輪之翼》用了兩個具體意象去把日輪拉向人間，第一個是冷藏貨櫃車旋轉不已的大車輪，小說就以阿強等四位部落美男子用偷來的貨櫃車帶著七位部落婆婆上路開篇。第二個是七位婆婆講述的部落歷史裡的蓮花池的故事（與《古事記》裡日本創世神話同構）那是生死交替的地方，也如日輪生落不息。

這兩個意象所承載的是同一個中上健次的關鍵詞：「被差別民」——又稱「部落民」、「穢多」、「非人」等，其實就是我們慣稱的「賤民」。據說明治維新就廢除了的日本賤民階級歧視，實際上直到如今依然潛藏在日本社會心照不宣的避諱裡。

「被差別民」在過去往往負責宮殿、堡壘與神社的清潔工作，因此被嫌棄，不准與外族通婚，但又因此有免稅和獨立部落空間的好處——這讓我想起西藏的屠戶，他們代教徒行殺生之罪，收入不錯但所有人都繞著他們走，依賴他們又視之為被詛咒的人。

然而中上健次始終要呈現一個不一樣的賤民面目。於是就有了本書的女主角群體那七位在「小巷」（原文「路地」，即被差別部落）度過大半生的老婆婆，她們身世複雜，做過紡織女工、妓女、乞丐甚至小偷，但心地都純真。在外星人一樣奇怪的外表下面是七仙女一般的心——對於她們來說這都沒差，因為兩者都能飛翔，她們也始終相信她們身處密閉的冷藏貨櫃車裡也是在日本的千山上飛翔。

如果往日本左翼文學的現實主義寫去，這些婆婆會得到迥異的命運，她們深知自己可能被年輕人遺棄，將上演一齣七個人的《楢山節考》，因為日本賤民部落裡的優勝劣汰可能會比日本其他窮人更兇狠。中上健次用了魔幻的筆法變形了老人的犧牲，凡是會阻礙其他人的旅途的老人都會陸續死去或者失蹤，最後剩下的四位婆婆，更是謎樣消失在東京都皇居四周的繁華人境之中。

這些人間蒸發出現的時候，我們並不感覺詭異，因為前文早已鋪墊了七位婆婆任意編造故事、隨意扯謊的種種；實際上隨意扯謊，也是一種小說推進的魅力，中上健次在本書也如此試探小說與謊言的界線。「其實是不久前發生的事，我們都已經到了這麼遠的地方，看什麼都覺得越來越不是真的了。我們兩個之間就會開始互相扯謊。」老婆婆的這段話，不禁讓我想起卡夫卡《城堡》的矛盾的情欲抒情詩：

「K一直有種感覺，彷彿自己迷失了，或是如此深入一片陌生的土地，在他之前無人走得這麼遠，在這片陌生土地上，就連空氣都沒有故鄉空氣的成分，一個人不得不由於陌生感而窒息，而在其荒誕的誘惑中，一個人沒有別的辦法，除了繼續走，繼續迷失。」

《日輪之翼》裡那些大段的情欲幻象也是這樣的。說是幻象，中上健次總是不動聲色地抹煞幻實之間的過渡與變遷，讓讀者恍惚就接受了那是現實。比如那段阿強想像自己在神社手淫的文字：「如果將精液射向神靈的石壁縫隙，還是森林的樹洞裡，都可能讓神靈懷孕。想到這裡，阿強就覺得自己好像也溜進了喜歡女孩的體內，體內炙熱的脈動讓他喘不過氣來。他周遭的石壁也開始像生物一樣顫動，籠罩四周的森林，在太陽的照耀下，深邃的翠綠更像是一股緩慢的漩渦。」如此詩意又大膽，只有新寓言派小說家米歇爾·圖爾尼埃《禮

拜五或太平洋上的靈薄獄》裡魯濱遜和小島做愛可比擬。

當然更魔幻的是四個乳房的妓女拉拉的出現，與之相呼應的是「兩根性器」的阿強，後者「兩根性器」在書的前半段還只是與他交歡的妙子的誇張修辭，後半段竟成了理直氣壯的天賦異稟。這是幻覺還是變異抑或野性的象徵？如果拉拉是狐狸精，阿強他們是什麼？這個差點成為典型日本怪談的想像，在小說中得到高級的逆轉，婆婆們慧眼看出四個乳房是屬於菩薩的體徵。到小說結尾，更變幻出桑婆婆也露出四個乳房給過路的韓國賣藝人吸吮的幻象——如果這是阿強的幻覺，只能說他的心目中這些婆婆和他的愛人都成為無私的菩薩了。

這些性愛插曲，讓這部日本底層男女的《在路上》更有凱魯亞克的嬉痞氣味，他們的性不涉毒品、不覺頹廢，張揚著一無所有的青春僅有的力度。與之相並行的七婆婆的《在路上》也可以稱為流動的盛宴，尤其當阿強點亮冷凍貨櫃車車頭的聖誕燈飾的時候。那是另一個日本，是青年森山大道在一路往北的夜行貨車上所見的日本，粗糲、冷峻、神祕。

相信靈魂的婆婆們，就能在這驟山驟水的行程中看到神蹟。故事後半段日輪的意象再次出現，解答了這些賤民們心中的耿耿。彼岸花的球根據說能給老人的腳消炎祛風濕，於是成為太陽與婆婆們的紐帶，「只要身處在這片每朵花都像日輪一樣盛開的花叢，就會自動聽命於天上的火紅太陽，把每一顆球根都清理乾淨。」日輪的球塗在腳上，不良於行的菊婆婆就也獲得了日輪之翼，像墨丘利的腳踝飛翼，又像神行太保的符碌，然後她成為第二個消失的婆婆。

這裡才帶出了中上健次作品的重要隱喻：被視為污穢的底層賤民的老婆婆，一路上卻執著於去清掃那些最高級的地方皇居、神社，她們如東正教的聖愚，自身骯髒卻有淨化凡間的能力。當她們一路被所謂文明人厭惡驅趕甚至攻擊的時候，我們能不能問一句：所謂的「不淨」到底是什麼？「上層人」跟她們相比，哪個更骯髒？

「我們這些婆婆，連天涯海角都看過。如果你把我們帶去天涯海角的深淵旁邊，我們就會在峭壁上小便，看這個深淵到底有多深！」這是何等氣魄，她們覺醒到她們「墮落仙女」身分的同時，依舊使用「墮落」的修辭來反證自己的高貴，尊重這種矛盾，是中上健次最難得的對底層精神的忠實。

貫穿全書的，是這些仙女無論在臨停服務區還是貨車停車場，在雪山山巔還是颱風來襲的海邊，她們都堅持煮一罐茶粥，風雨不動。直至去到小說結尾，婆婆們消失之前，仍然向我們演示了如何在東京都中心小巷裡安好炭爐煮茶粥。這無視一切「高度發達資本主義」的自由人的氣魄，也許就是部落民起義者中上健次與同代人村上春樹的區別，後者始終只是想做一個「大象墓場」的掃雪工而已。

11 從街頭的戰鬥回到町的深耕

日本七〇年代理想主義運動退潮，一方面固然讓有志者消沉虛無，但另一方面運動中的精英們化整為零，進入各個領域，尤其是藝術領域裡，最後都獨當一面。日後，他們都以自己的方式去回饋那個黯然謝幕的年代，把那個年代的理念轉化成各種新的精神交給下一代。

其中，寺山修司的影響最廣最大，也最具異彩。這個興趣極其廣泛又精力無窮的鬼才，從俳句短歌現代詩、到小說戲劇、乃至電影無一不能，甚至還會寫賽馬評論相撲評論這種貌似通俗作家所為——也許這就是一種世俗認同，對最卑賤或者說最有民間活力的事物的認同，對於寺山修司這樣的精英來說，是一種革命行為。

從他的小說和電影可見，寺山修司最迷戀的人物都是些三教九流、引車賣漿者，甚至賭徒、拳擊手、馬戲演員、罪犯和異裝癖等，對於他來說，這些人與寺山本來應該屬於的城市中產階級大相徑庭，代表着真實的生活、想像力的冒險和浮世繪一般的美學。《扔掉書本上街去》作為一本隨筆集，則更為坦誠地書寫了寺山與上述人的命運的交集。

不要忘記，《扔掉書本上街去》也是寺山修司一部電影的名字。那部電影是寺山風格中的異類，它放棄了像《死者田園祭》、《再見方舟》等那種與寺山的戲劇團體「天棧屋敷」的馬戲團通俗劇超現實風格，非常現實地聚焦在一對兄妹的焦灼青春和殘酷遭遇上。粗糲的影像不但沒有讓電影的意蘊遜色，反而讓電影變得更犀利，成為寺山修司最憤怒與絕望的一部半自傳體電影。

把這個名字同時用做電影與隨筆集的名字，是因為這種對知識的決絕態度裡面大有文章。一方面這承載了寺山一代在運動退潮後的憤世嫉俗，他要你放下的是教條、是某種優雅離地的生活哲學；另一方面，走上街的日語原文，街乃是「町」，

是類似 down town 這樣的庶民生存之地，不是時尚奢華的購物大街。

於是我們跟隨寺山一次次踟躕在冷街後巷，破落的居酒屋或者波西米亞小酒館，或者就是賽馬場、賽狗場、相撲館的後門，聽那些天註定的失敗者講述他們的故事，漸漸地你發現這故事也混雜着寺山修司的故事，甚至你自己的故事。

歌頌失敗者吧，也歌頌投機者、無所事事的人。甚至不要去寬容和憐憫他們，也許你才是他們憐憫的對象，寺山修司說。

歌頌還不夠，《扔掉書本上街去》最讓人震撼的，是寺山修司徹底站在社會的背叛者立場、資產階級審慎魅力的對立面，發出一個一個毫不掩飾的挑釁。比如說「不良少年入門」有一章號召自殺，《扔掉書本上街去》有一章聲稱亂倫沒什麼可怕，當然是開玩笑的，他執着的不是這些「背德叛道」的行為本身，而是試圖質疑我們習而為常的倫理觀念。他的戲劇才華在文字間起伏，讓讀者惶然，既被挑釁又被蠱惑。

最有趣的是他時刻標榜的「單一奢華主義」，表面看來是一個沒有本錢的人如何試圖過與自己收入不相稱的生活、滿足自己不切實際的嗜好。寺山舉的例子是有人連續幾天啃麵包，然後省出一次去高級餐廳喫牛排的錢，有人租住只有三疊的陋室，卻省錢買一輛法拉利拉風跑車。寺山饒有興味地審視他們，暗地讚許這種超現實主義行為，事實上，這幾十年以來，這樣的人在日本越來越多，在某個單一向度的極致追求成為了底層人的自我確證、甚至驕傲。

「他們竟能如此，他們僅能如此。」「他們僅能如此，他們竟能如此！」這兩句話順序顛倒來說有不一樣的感受，寺山修司也反覆琢磨，然後把他們都納入自己的文字與戲劇世界。寺山本人是好鬥、幽默、意氣充沛的，他必然選擇後一種方式，他認可在最低生存基線上樂觀努力活着的人，也理解他們的放棄與自暴自棄，這就是寺山的民主，寺山的江湖。

問題來了，這樣會有革命嗎？寺山修司去世二、三十年後，日本興起許多稱為「素人之亂」的安那其主義者的自我社區創造行為，立足於町文化，發揮想像力拒絕消費主義、資本陷阱，進行深耕細作式的在地實驗。也許這就是一九七〇年代的寺山修司們留下來的精神遺產起的作用。

12 有托之邦：從明月構想到碧山共同體

早在一九九六年，我對烏托邦的認識還停留在哲學課本上一筆帶過的聖西門、空想社會主義之上的時候，我卻在一本從海外偷運進內地的《今天》雜誌上看到了一部反烏托邦小說。

小說名為《明月構想》，作者是日後世界著名的中國建築家劉家琨——其實它最初吸引我閱讀的正是存在小說內容和形式上雙重的空間實驗，這是一個建築家理所當然擅長的事。小說裡的狂熱理想主義者歐陽江山帶領先遣小隊，在一九六〇年代的漢彝並居山區進行烏托邦式建設，然而他們歷盡艱辛建成雛形的「明月新城」，輕易地毀於村民們的日常生活欲望，最終理想主義者只能壯士斷腕，引水把烏托邦淹沒。

《明月構想》的「一九八四」本質潛藏在它那些不可思議的細節裡：比如它的布局極端形式主義，高度邏輯化，因此其地圖容易烙印在居住者的腦海，人們會時刻把自己所在位置與地圖位置重疊，自我觀察那個隱喻世界中的自己——「會感覺到冥冥之中有一雙無形的眼睛正看著自己，從而下意識地加強自我監督」，這比《一九八四》裡面的「老大哥」更加恐怖。更能說明問題的是烏托邦的建設階段，階級的刻意區分讓人想起延安傳統，「階級」本來就是建築元素，後來成型的食堂的強調公平實際上以具體建造的水泥「階級」強調了階級。

獨立於軍事化節欲生活以外，被命名為「新戰士培育中心」的夫妻生活帳篷就是一個烏托邦中的異托邦，是對嚴肅的革命建設的第一個反諷，關於捉姦的狂歡，是最饒有意味的黑色幽默。「異托邦」是來自法國思想家福柯最有創意的發明，實際上比「反烏托邦」更能定義劉家琨的小說。福柯的精彩比喻是：鏡子裡面的世界是烏托邦，但鏡子所構成的雙重空間並存本身是異托邦——我們也可以說一本虛構烏托邦的小說本身是一個異托邦。異托邦與烏托邦的差異在於前者承認烏托邦存在的荒誕，強調了不確定性。

福柯說：「異托邦的最後一個特徵是……異托邦有創造一個幻象空間的作用，這個幻象空間顯露出所有在其中人類生活被隔開的場所」。可以說，證明理想主義者與世俗百姓的「區隔」（不一定是布赫迪厄的）、直面這種區隔，是這部異托邦小說在小說以外的一個意外貢獻，假如我們把它與近百年中國此起彼伏、屢敗屢戰的新農村建設理想聯繫起來的話，這些幻想和諷刺，就不失是另一種建設力量。

比起烏托邦與反烏托邦，中國的新農村實驗也曾帶有異托邦的色彩，但是它們的目標，應該是「有托邦」：一種具有實際操作可能、永續可能、不排斥商業元素的互助合作共同體——倒是它們的批評者更像烏托邦原教旨主義者歐陽江山，以極端的道德潔癖要求著實驗者的「純粹」，殊不知正是這種「肅反」般的激情將是毀掉理想主義實驗的因素。最近對安徽「碧山計劃」的批判，某些極端反對者呈現出的正是這樣的激情，在他們眼中理想主義的運動不容得一絲雜質，而且外來者被要

求是道德聖徒，對碧山的任何問題都負有完美解決之的責任，比如路燈、甚至書店裡的每一本書的霉點，都要負上知識份子贖罪的陰影。

書中明月新城的徽志之爭，隱喻著現實建設者與局外評判者對農村烏托邦運動的不同期待。被否決掉的橙子更像現實的碧山：「本地又出產柑橘，何不以此作為徽誌，象徵豐收、富足、溫暖的陽光和甜蜜的生活」？但是「橙片要切開來才感受得到」，不如蓮花，更像被要求純潔完美的碧山（或其他新鄉村建設），「這朵從舊世界的污泥中升起的蓮花，將體現出新城建設者們對完美無暇的新生活的追求，體現出信念之虔誠、理想之純粹，不含雜質。」橙子是「與文化毫不相干的濁物，廉價，易腐，訴諸口欲，滲透了甜蜜墮落的享樂意識……只能象徵這種理想將在腐化墮落中迅速瓦解」——這和批評者質疑碧山計劃參與者的小資情調、藝術家氣質多麼相似。

在外來建設者與本地居民之間的「區隔」是必然存在的，刻意迴避這種存在或者幻想可以輕易彌平它，都是天真的烏托邦期許，歐陽江山的「明月計劃」正敗於此。反而是村民們的逆向占領，使得明月新城獲得另一種異托邦氣息。福柯界定異托邦性質的其中有趣的一點是它的時間矛盾性：「最常見的是，異托邦同時間的片斷相結合……當人類處於一種與傳統時間完全中斷的情況下，異托邦開始完全發揮作用。」這種與傳統時間的中斷帶來兩個相反的極端空間表現，一是對永恆渴求：呈現為圖書館和博物館；一是碎片化：呈現為流動市集。可以說歐陽江山的「明月計劃」設計是一個類似共產主義生活博物館的永恆紀念碑，而村民們占領後肆意放養、交易、嬉戲的明月廢墟更像後者。

也可以說目前對中國新農村實驗的高道德要求也在塑造一個紀念碑，但得以存在的往往是自由散漫的後者。後者是異托邦的缺口，也是異托邦顛覆日常生活的一種正面的可能（「在福柯這裡，異托邦並沒有非常明確的定義，它有正面和反面的意思，但它顯然是要來質詢，或者是顛覆一般習以為常的生活或生命的空間、結構，或者是約定俗稱的韻律。」見王德威：《烏托邦，惡托邦，異托邦——從魯迅到劉慈欣》），在西方更多呈現為嬉皮村落、無政府主義者 Sguat 佔屋運動基地等，而我對歐寧等人的「碧山共同體」寄予希望的，也正是他們聲稱的無政府主義互助精神取向（「碧山計劃」據執行者自述，「是一個關於知識份子回歸鄉村，接續晏陽初的鄉村建設事業和克魯泡特金（Peter Klopotki)的無政府主義思想，重新激活農村地區的公共生活的構思，它主要是針對目前亞洲地區迫人的城市化現實和全球農業資本主義引發的危機，試圖摸索出一條農村復興之路。」）所蘊含的積極動力。這明顯並非攻擊者所說的「鄉紳理想」，而是一種超越烏托邦和反烏托邦的可能，有托邦。

從漢字去理解有托邦，可以拆解為「有托之邦」，那是「眾鳥欣有托」的有托，陶淵明所寫的「眾鳥欣有托，吾亦愛吾廬。既耕亦已種，時還讀我書。」豈不也是碧山計劃團隊的一個最樸素的理想，在這個理想出發，兼容各種不同的「鳥」與「廬」、「讀書」與「耕種」之間並非絕對的矛盾，我們才可以繼續談知識份子參與鄉村建設的下一步。

13 四十年前，香港與世界的側面

二〇二〇年冬重讀《牛》的時候，正好看到在社交媒體上有香港的攝影師貼出疫情陰影下的香港街道照片，像極了末日電影裡的廢棄之城。熄滅的霓虹招牌下空曠無人，甚至在角落處有植物悄悄蔓延。二〇一四年，我也見過野草在旺角的街頭生長；一九六〇年，我想，吳煦斌在香港的城鄉邊緣也應見到過這種交戰。

作者自己也不可能料到，她的這本四十年前出版的冷門而經典的短篇小說集《牛》，預言了今天香港的風水輪流轉。書中除了和美國相關的兩篇〈牛〉和〈一個暈倒在水池旁邊的印第安人〉、《聖經》相關的一篇〈馬大和瑪利亞〉、華南地區相關的一篇〈蝙蝠〉，其他篇章大多發生在香港——但是，那是回歸於荒涼自然的那¾個香港（借用劉克襄的說法）。

和外人想像的金融大都會不一樣，香港本來就是郊野比例很高的城市，與其摩登、賽博叛客風格的市區形成兩個極端。吳煦斌的生態主義理念也許形成於一九七〇年代末到一九八〇年代初她赴美聖地亞哥州立大學修讀生態學碩士期間，但那種樸素的崇敬自然、擁抱自然神祕的立場，可能在吳煦斌童年時期就已經形成，得自她父親的引領。

山林與父親是這本小說的兩個關鍵詞，前者變形為野獸、奇異生物、氣候、印第安人等等面目在各篇來來去去，而後者，一直是那個挺拔、沉默而護蔭的父親不變。他們是呼喚吳煦斌和那一代、數代香港人去或留的力量，此起彼落。

至於形塑這另一個香港而令我們過目不忘的，是吳煦斌獨一無二的文字。和那時的香港依然存在的深山幽澤一樣，彼時還有未經污染的漢語。其清新遠承沈從文、其神祕呼應何其芳、吳興華等新詩詩人，撲面而來，跨越時空之隔，不但驚艷今天的讀者、異地華語圈的讀者，即使在四、五十年前也讓她的同代作家劉以鬯、梁秉鈞等嘆服。

吳煦斌似乎天生擁有如此出世的心和文字，但也有跡可尋。她的山野靈氣氤氳，其實來自彼時香港青年（也包括其父親）的朝氣，在其同代作家西西的名作《我城》與也是她的伴侶梁秉鈞（也斯）《雷聲與蟬鳴》《山水人物》等詩文中可得知，他們常常結伴探索香港的郊外與離島；同時，他們關心社會改革與文學嬗遞，致力於建設香港的精神自我。

出世是她的超我，但她的意志明白入世的強烈召喚。就像第一篇〈佛魚〉裡的「山蔑」必須告別山，她要去海邊、去有人的地方，這是她入世的決心。最終她也在最後一篇〈信〉裡達成這種對人世邊緣的畸零者的關懷，放棄了去巴黎的航班，在困頓處處的香港留了下來。

但在首尾兩篇之間，是一個氣象萬千的無涯世界，超乎出世入世之掙扎，寫作者尋求的是與自然世界、遠古世界的無違，彷彿為了完成一個約定，才有了這些輕靈俊逸的故事——配得起童年時父親托付給吳煦斌的那個世界的故事。

在那個世界裡，總有外來的男子帶來破局，父親不樂見是自然的。這也是繁衍的神話，在〈石〉裡，我們熱愛的東西代替了我們活著，就像曾經相反：我們為了活著消磨了我們的熱愛。但〈山〉裡面外來的他與父親之間的關係出乎意料，被蠱惑走的竟然是父親而不是女兒，當然這不是一部同性戀小說，但我現在有點懂了——當我也成為一個父親之後。對於心懷遠方的人來說，外來者與保守者其實為同一人。

〈木〉更為複雜，它表面是寫隱逸，實際上涉及寫作者本體的自省。裡面有一個有趣的意象——就像吳煦斌自己在七〇年代香港文壇的路過，一隻「碩大的、茶褐色的」蜻蜓來到詩人的聚會裡，「過一會又顛躓著掠過每個人頭頂飛走了。它從哪裡來的？它怎會穿過這許多塵埃和寒冷來到城市裡？」吳煦斌似乎在代替我們問她自己，那樣一個香港怎麼會孕育如此一個作家？

這篇小說虛構了一個不合時宜的詩人，對他的詩風的描述，其實是吳煦斌對自己的詩和文的理想：

「他的詩大致上可分作幾組：一組寫比較平凡細碎的事物和簡單的感覺，寫初升的太陽、寫雨、寫岩石、寫李子、寫秋天帶著棕櫚的顏色。另

一組寫街道、城市、屋宇和建築。……我感到他是喜歡簡單的日常事物多於空泛的理念，他喜歡季節與鹽、甜麵包、咖啡、睡眠、空氣、友誼和樹木，看得見的，觸撫到的。」

我讀過吳煦斌所有曾正式出版的小說、散文和詩，可以說，上面的定義是非常接近的，這也是她的魅力、她對於日後隔代的香港文學的意義之所在。吳煦斌的小說成就呈現出當時香港文學甚至世界文學的側面，側面往往不是正面的對決，卻意味深長，可以綿延到下一世代再被發現。時代的精神狀況以最隱蔽的方式存留、生根、滋長。

〈木〉的傳承是一種神祕主義的犧牲，波赫士式的；與之相反，〈海〉按捺不住的那部分香港，是不做留鳥的出走者，這裡被外來者引誘的母親，和最後一篇〈信〉裡的妻也是同構——「鳥和夢都是捺不住的」。

從女兒到母親，女性的超越性漸漸顯現。在故事新編式的〈馬大和瑪利亞〉，她寫出就算沒有耶穌的教導馬大自己也能總結真理：「落地的麥子不死」——只是她的說法是「它的豆不能吃，明天我把它撒在泥土裡，沒多久就會長出美麗的樹，而它是不死的。」

「他們都是智慧的。他們有更重要的事情要做。」而她呢，「我要不要跟他們到山上走一趟呢？如果我嘗試，我或許會明白。但誰來放羊呢？魚、葡萄、橄欖和蜜怎麼辦？梁子也要修一修。明早還是砍一棵魚木樹吧。」

真正的衝突與悲劇，從〈獵人〉才開始，〈牛〉和〈一個暈倒在水池旁邊的印第安人〉是高潮，這三篇也是整本小說集裡最重的作品。作為所謂「文明人」，面對裡面否定著我們習慣的「人類優先」的「荒野優先」法則，我們可以認同嗎？這時我們要提醒自己的是，我們並非在讀一篇蓋瑞．斯奈德那樣的荒野宣言／檄文，不是一種群體的立場指引，而是在文學的領域裡遭遇個別個體的自由抉擇。

當獵人說「口中有一棵樹的豹是不能殺的」，那就是文學的法則凌駕了荒野法則，無論這是印第安人的文學還是吳煦斌的文學，這只豹子可以與口中的樹共存，這不只是一種生態主義的隱喻，也是拉美的魔幻現實文學的東方回聲，首先征服我們的，是這個意象驚人攝魂的奇美。

在〈牛〉裡我們可以看到，古老的但是被命名為「童」所代表的文明，來重新定義「成年」的文明（由中年科研學者「我」代表）。那個神祕的不說人話的少年「童」——「他聽事物的聲音叫他們的名字，沒有聲音的，他依據形狀、氣味、嗅覺和觸撫……他不說顏色，他說具有那顏色的果物和自然。他隨他的所見做字，在不同的投入裡改變已定的聲色。」於是，世界像換了一個——世界又何嘗不好換一個呢？

「我們圍繞著童旋轉，伸出手重疊在蛋上，溫暖著這蟄居的鳥。然後童開始跑了，他張開空敞的手，停在空中，垂下，再輕輕揚起。我們從他的兩旁飛翔上去，在他身前切合，散開，在兩側轉身，再在他身前交疊，散開……我們在聲音的震蕩中教它在卵壁裡飛翔。」如此無邪的行為，簡直像《論語》說的：「莫春者，春服既成，冠者五六人，童子六七人，浴乎沂，風乎舞雩，詠而歸。」裡的境界了。遊戲般的認真、認真地遊戲，香港文學裡似乎只有西西和她能如此自然地達到。

但〈牛〉裡還有另一面向的文字，那是雄渾的遠古岩畫所帶來的力量。找不到岩畫的時候「我遠離廣大的國土，投向它在異地的痕跡如鷹投向石的遺骸。」

找到岩畫之後，牛的細節彷彿重塑了寫作者：「胸部隨著岩壁的輪廓隆起，在腰間挺拔的窄下去，它們昂起頭，揚開腳，帶著一種蘊蓄的氣勢悠然的對視著……它的頸伸前，舒朗地探往可及的未來……它的背在石上成了一個美麗的下限的弧，承接著這許多年的沉默與時間。」這般雄壯中舒展柔韌的描寫，像彼時西北詩人昌耀的散文詩。

這篇小說所展示的昇華是驚人的，是非理性對理性的昇華：「我們撫觸我們的痛楚，小心穿行在事物間。它們在激越和沸騰間飛躍，負載所有貫穿的年代，安然環視所有活過或未活過的事物而投身無限。我們有大的恐懼。我們手揣著臉孔，只在掌間感覺自在。它們身負箭矢而奔躍在時間上。我們活著，告別著，懊悔過去而害怕那尚未呈現的。我們的臉孔轉向輕易的事物，當生命附身觸動，我們又猶豫地退卻了。」這一段如果分行成詩，簡直是里爾克或者寫十四行詩的馮至了。

列舉這些文字與作家，也是想最後補充一個發現，就是五四文學以及它所代表的那個中國，始終在吳煦斌那一代深受西方前衛文學影響的香港作家的底子裡面。

〈牛〉的潛敘事裡提到一個中國老作家，他經過二十年牢獄後在胡同掃街的事跡的剪報被一個身在西方的華裔學者珍藏，他是誰？為什麼「我」在印第安的林中念念不忘遠東浩劫的一個作家？也許不需要考據他的名字，他只是文化中國的象徵。

就像〈一個暈倒在水池旁邊的印第安人〉也有一條孤獨無根的中國人留學生的副線，他在滅族的印第安人身上找到自己出走的理由：「他獨自生活，四周只有簌簌的風聲，他跟石的倒影說話，隨著時間的起伏轉動。你會對季節憤怒嗎？他埋藏自己的言語，他多久沒有說話了？孤獨是沉重的獸，你背負他如背負自己的缺失。我熟悉它的氣味已有多久了？」

與國族聯繫的散佚、對邊緣生態主義文化的捍衛，這樣帶來的雙重孤獨，一九八〇年代孤身在聖地亞哥求學的吳煦斌想必感受甚深。小說裡那中國人留學生製作給印第安人以作溝通的圖畫字卡，除了一堆生活用詞，還有抽象的「中國」二字赫然在目，他畫的是什麼圖案呢？如果有機會再見深居簡出的吳煦斌，我一定會像〈木〉裡的年輕詩人一樣，向她討教這個艱難的問題。

重新發明、想像新的生活

14
歌之版圖

大地上的旅人，原本我最佩服沃納・荷索，現在加上一個布魯斯・查特文。

沃納・荷索（Werner Herzog）是我最鍾愛的德國導演，而他有一本行走日記叫《冰雪紀行》（*Vom Gehen im Eis*）。正如他的電影風格，荷索的文筆在德國式冷峻中飽含瘋狂，這本他的筆記書記述了一次神祕猶如另一個德國瘋子荷爾德林一樣的壯舉：徒步從德國走到法國，以此為一個法國影評人、他的伯樂的病祈福。

這將是詩人里爾克的精神歷險一般的肉體歷險，讀書者彷彿從他的文字潛行進入冬天。荷索的行文一如他的漫遊，即興且充滿磅礴的想象，比凱魯亞克的《在路上》還要自由，也是德國狂飆突進精神的遺風，他記錄的風景就像心象，崎嶇起伏中又是豐盛的細節滿眼，在這些即興手記中，我們甚至可以窺見未來荷索電影那種壯麗與激情。

最近看了他的紀錄片《游牧之歌》，才知道他漫遊時背的揹包來自旅行家、作家布魯斯．查特文（Charles Bruce Chatwin）。荷索一直想要把被法西斯美學扭曲了的德國山岳浪漫主義還原到人的哲學，他在查特文對部落音樂的神祕主義體悟中找到了共鳴，從此兩人如同倒影，一起踐行在雙腳行走中才能發現神聖的詩意。

其實這也是一部荷索本人的傳記片，他通過布魯斯．查特文剖析自己，展現自己人生與他交叉的部分，一再地聽到萬物彼此、古今彼此之間的押韻：這是荷索近年的紀錄片，或者說詩篇的主題。

《游牧之歌》俯仰鏡頭於查特文漫遊的澳洲荒野時，讓我想到古詩：「悵望千秋一灑淚，蕭條異代不同時」。上帝讓我們這樣一代代的凝望這意味深長的天籟搖曳，不可能答案只是虛無。

紀錄片拍攝了身患絕症時的查特文，這個闖蕩世界的英雄，這時完全變成了一個荷索電影的典型瘋狂人物形象，我相信荷索自己都像我一樣嚇一跳。查特文臨終託孤給沃納．荷索的除了許多荒野和游牧民族的故事，還有前面提到的那個揹包。

接着荷索講述了在一次雪洞遇險時，揹包成為他保溫坐墊，讓他挺到了救援隊來臨的故事。然後就是前文《冰雪紀行》的起點，荷索背上揹包還願——冥冥中一切都有相連，誰想到《冰雪紀行》和查特文的揹包有關，查特文的死亡救渡了荷索，荷索才能通過苦行去救渡第三個人。

於是我買回來查特文所有的著作，開始閱讀。第一本當然就是《歌之版圖》（*The Songlines*）。這本詩一般的遊記——不，尋訪錄。「世界在歌聲中創生，他說，『大夢時代』的祖先都是詩人，體現了詩歌一詞的原始意義『創造』。沒有哪個土著人會想像，那個世界存在著任何缺陷，他的宗教生活只有一個目的：保持大地之原樣，亦即其應有之樣。外出『溜達』的人實際上是在完成一種儀式，他踏著祖先的足跡，唱著祖先留下的歌謠，一句歌詞、一個音符也不會更改。」音樂與土地的結合如此緊密，而且需要人們的漫遊去把Songlines 編織起來，這賦予了查特文的尋訪特殊意義。

我想起某年夏天，我和音樂家宋雨喆也做過一個民族音樂、歌詩的記錄尋訪計劃，採訪的第一個民間藝人是西藏珞巴族的雅夏，我們兩次進入珞巴村給她做了大量錄音和拍攝。因為知道她年事已高，傳唱了千年的珞巴族史詩，可能就此終結了，年輕一代的珞巴人，已經幾乎聽不懂她的歌唱，更談不上學習了。

兩年後，西藏的朋友告訴我雅夏離開了這個世界。我現在才意識到，這也是珞巴族的版圖縮小，乃至消失了的隱喻。沒有了創世史詩、獵歌和情歌的民族，就離開了遠古的土地。不過，《歌之版圖》裡面也有說：「大地賦予人類生命，賜予人類食物、語言和智慧，而在人走完自己的一生之後，大地又接受了他的軀體。」雅夏不也是這樣嗎？

更何況，後來還有宋雨喆把他得自於雅夏他們的版圖延伸到世界。他後來創作的幾張專輯，都從各種文化當中發現神祕，然後毫不畏懼地縱身於神祕，大聲吟唱神祕，直到與神祕為鄰，與神祕不分須臾——此刻重聽，我才驚覺原來我們也曾離「大夢時代」這麼接近。

15

貝加爾湖畔的一覺

十月革命一百週年的前夕，我讀完了一個法國作家在貝加爾湖畔寫的《在西伯利亞森林中》（*Dans les forêts de Sibérie*），合上書，想想書中泰然自若的大自然又想想書外這百年觸蠻之爭，有大夢一場醒於黃粱飯香之感。

貝加爾湖畔的護林員
依然懷念葉賽寧和布爾什維克
雖然方圓百里，每個人類都是少數派

暴雪從西伯利亞
碾壓到波蘭
精靈的胃裡都是陳舊的鬼魂
你說的革命是什麼意思？

我寫下這樣的詩句，嘗試描述有限經驗中所感知的俄羅斯過去與現狀。但西爾萬・泰松（Sylvain Tesson）的書不問革命是什麼意思，這才是他的高妙之處，面對一百年前的舊革命和今天的種種新革命，他選擇的是俄羅斯傳統的隱士的態度。也即是惠特曼說的：「我與這一體制毫無瓜葛，甚至連反對都談不上。」這樣的以徹底脫離而對失控的社會進行的反抗態度。

「在城市，自由主義者、極左分子、革命者和大資產者付錢買麵包、汽油、繳稅。隱者既不向國家要求什麼，也不為國家貢獻什麼。他隱藏叢林中，從中獲取養分。他的隱退造成了政府收入減少，而使政府收入減少應是革命者的目標……轟炸城堡的爆破手需要城堡，所以他們在反對國家的同時也依賴著國家。」

二〇一〇年，非虛構寫作名家泰松，選擇了在貝加爾湖畔的小木屋隱居半年，他的日記裡不乏上述這樣為隱者的革命性進行闡釋的滔滔雄辯。這些言辭因為有他具體的梭羅式不合作運動做背景而合理，而使沉醉於閱讀其書又不忘街頭上的種種怒火的我汗顏。

泰松的行動有真正的無政府主義者坐言起行的魅力，他身臨絕境的孤獨讓所謂的「大隱隱於市」成為空話——當下這個千絲萬縷萬物牽連的消費社會，絕不可能存在一種「市隱」，只有空間上的放逐才使他真正脫離人本中心的世界，以萬物的尺度去反思人類種種虛妄，成為與天地取得平衡的自由人。

然而即使決絕如泰松，也不可能做到完全不依賴於人類社會。他天天讀《魯濱遜漂流記》，可他也像魯濱遜從沉船上取來不少文明的遺物一樣，從離隱居地最近的伊爾庫茨克市拉來了一車物資，包括十八瓶辣椒醬和無數伏特加、雪茄以及一箱待讀的書——當他選擇在他的書箱帶上以下幾本書時，我窺見了他對那半年孤獨自我的定位：克爾凱格爾《論絕望》、米歇爾·圖尼埃《星期五，或太平洋上的靈薄獄》、笛福《魯濱遜漂流記》、湯姆．尼爾《南海魯濱遜》、還有一堆尼采。

一個古代的隱者除了《聖經》是不會帶這麼多書的，孤獨是自由選擇的狀態，不需要重新闡釋，泰松的做法還是有濃郁的法國知識份子氣。他沒有因此妄自菲薄，從容地出入於文明反思與對自然的拜服之間，不論革命，書寫是他唯一的革命。

「生活在冰沼中央的四堵木牆間能使人變得謙遜。這些木屋並不是為子孫後代而建的，它們只是在北風中搖搖欲倒的陋室而已。羅馬人的建築是為了流傳千古，俄羅斯人則是為了過冬。」這讓我想起《聖經》〈傳道書〉所寫的：「雲若滿了雨，就必須傾倒在地上；樹若向南倒，或向北倒，樹倒在何處，就存在何處。看風的必不撒種，望雲的不必收割。」

要與這種泰然相並肩物齊，我們只能寫作，而不是沉默。我想到此刻、無數刻正在敲字的我們，包括泰松，面對龐然如貝加爾湖而流傳千古的宇宙，地球不過是過冬的小屋，在知道自己終將一死、地球文明亦無可能永恆的前提下，我們還在孜孜不倦地書寫我們所見到的短暫的真善美，我們不諦為宇宙中最可愛的過客。

泰松難道不知道自己終將離開隱居地嗎？只是他選擇了在此一天就以一生的珍

重態度去面對，記下冰的裂紋，熊的喜怒，湖水的掙扎和蚊蟲的歡舞。

閱讀伊始，我便像與泰松一起入住小木屋，如入住另一個孤獨的靈魂。這種閱讀的酣暢完全不同於讀海明威《巴黎流動的盛宴》那種酣暢，它的沉思氣質更多地讓我想起幾本並不沉思的書：李娟的《冬牧場》、《春牧場》、《夏牧場》系列，尤其是她所寫的那個小小的出不去的地窩子。如果不是李娟提到寄居的中年夫婦也許會有性生活，要不是泰松某天突然從衛星電話接到女友宣告分手的訊息，我會以為我們如書中那對無邪的小狗一樣天長地久。

於是還得從天地無言的大美中不時醒覺。每一次有城裡來客或者湖畔其他地點的護林員來訪，就必然帶來人世的喧囂，最後只能以伏特加大醉以告終。泰松為這一切以俄羅斯人的鈍感力開解，他說：「在俄羅斯，在表示滿不在乎時，人們說〝mnie po figou〞，對一切都逆來順受則叫做『報廢主義』。俄羅斯人誇耀，他們內在的報廢主義能對抗歷史的騷亂、氣候的顛簸、領導者的卑劣……俄羅斯人唯一的要求是今朝有酒今朝醉，因為明天會比昨天更糟。」

這下我理解了俄羅斯人在一百年前是怎樣忍受過來的，這一百年又是怎樣忍受過去的。在這種忍受中照樣產生了詩人曼德爾斯塔姆夫婦、茨維塔耶娃、導演塔可夫斯基這樣壯麗的靈魂，對於他們來說，倒是一種物質的鈍感力支持了精神的高蹈，曼德爾斯塔姆夫人回憶錄里比比皆是物質貧乏時期的回憶，卻罕有一句話提到飢餓。《在西伯利亞森林中》那些動輒饕餮醉飽的護林員們，也沒有一句話提到詩。《在西伯利亞森林中》無意也不可能成為另一本梭羅的《湖濱散記》，只是與那種不合作運動式的遁世宣言一脈相承，並加入了有傑弗遜、凱魯亞克、斯奈德等遁世者的譜系當中，對我等深陷樊籠的蠢物們構成誘惑。

泰松的湖畔半年最愉快明暢的時刻就是他被大風雪包圍、擁爐讀中國古詩的時刻，「現在雪下得緊密起來。世界被掩蔽起來，這使得孤獨的啃噬一下增長了十倍。孤獨是什麼，一個萬能的夥伴……它喚醒了我們對所愛之人的記憶。它用友誼將隱居者與植物、野獸，以及偶爾途經的小小神靈緊連在一起。」「我讀著中國詩詞沉沉睡去，還記住了兩句詩，在與人對話而詞窮時可以引用：『此中有真意，欲辨已忘言。』」可愛的泰松，他忘記了真正的隱士根本不用和人對話。

十月革命已經遠去，泰松攜帶一面紅白藍旗幟在貝加爾湖畔遙遙致意的七月十四日更是遙遠，現在迫在眉睫的「節日」是「雙十一購物節」。無遠弗屆的電商和虛擬支付系統自以為可以統領一切的時代，當我們買光了賣光了一切，泰松所推崇的「森林法則」也許才會像西伯利亞的雪一樣重新收復這荒蕪的世界。

正如書中那個凍結的無瑕世界必將融化露出俄羅斯人的垃圾，當下這個鬧騰騰的世界也必將凝凍，離開人類中心的折磨。

16 游移的美國夢，或輪子上的平行世界

受童話裡那些住在大篷車上的吉普賽人或馬戲團所蠱惑，我的從小的夢想，就是成為一個逐水草而居的游牧族。但一個在南方城市長大的文弱書生不可能如此，我只好在文字上虛構自己的另一重人生，把自己的詩集命名為《手風琴裡的浪遊》、《波希米亞行路謠》等，還一度註冊過一個出版工作室，名叫「遊目民族」。

然後我讀過很多關於現代流浪生活方式的書，葉公好龍，最新的一本是美國非虛構作家潔西卡．布魯德（Jessica Bruder）所採寫的《游牧人生》（*Nomadland*）。不過這本給我的震驚不是浪漫主義而是赤裸裸現實主義的，它與其說是關於游牧，還

不如說是關於貧窮的——而且是在外人想像遍地黃金的美國的貧窮。

放棄不動產，選擇永動產——住在移動車屋裡不斷遷移，這種生活方式酷不酷？《游牧人生》關注這些不合時宜的人，當然不只是推廣一種生活方式，後者在書中提及的許多車居族的自媒體、討論區裡面多的是。這本書用了更多的篇幅去探討這種生活所經受的制肘，以及為什麼一個所謂的主流社會對選擇另一種生活方式的人始終抱有敵意。

我刻意在交通工具上才讀這本書，為的是讓思緒跟上採訪者潔西卡與被訪問的車居族的動盪。漸漸地我的書沾溼了雨水、咖啡、豆漿，有的頁面糊在一起，破破爛爛，很適合內容裡的襤褸人生。可以說，不讀這本書，你不會知道美國當代的窮人活得這麼糟糕——主要受訪者琳達上路成為車居游牧族之前，老年失業的她寄居在女兒的小房子的沙發上，她的三個外孫則睡在廚房甚至衣櫃裡……

問題是，這種情況幾乎發生在大多數在二〇〇八年金融危機之後一夕之間失去工作與住屋，甚至婚姻的美國人身上，正是這群「被淘汰」出來的人，選擇了不再跟隨（也無法跟隨）原來的資本主義遊戲，毅然拋身給公路與空落無依的自由——

就字面意思來說，這群被稱為Nomadland「新游牧族」的人很像五十年前風靡一時的Beat Generation「垮掉一代」，那麼風流瀟灑。

但事實上，他們是垮掉一代的下一代人，現年六十歲左右，這注定了Nomadland不會是一個潮語，美國大蕭條時代的馬車遊民可能更接近他們的實況。他們的資產與資歷被金融風暴洗劫一空，年齡決定了他們不可能再投身人才市場，流動房屋與營地是他們唯一能負擔的居住支出——即使只是為了應付這種基本的地球生存權，他們依然要從事低酬勞的兼職工作，書中著墨最多的兩種工作就是營地管理員與亞馬遜理貨員，大多數游牧族都像琳達那樣兩種工作都做過。

亞馬遜理貨工作令年紀不少的他們落下一身病痛。但更大的傷痛在於它的意義是跟游牧族反消費主義的理念相悖的，這讓琳達這樣仍富有夢想的人深感矛盾。電商時代的黑暗籠罩我們消費者，更直接摧殘從業者，琳達們為了換取自由奔走大地之上的油費，必須有幾個月被「囚禁」在亞馬遜的倉庫裡，與她們深惡痛絕的「過度生產、用完即棄」的消費品打交道。

車居族為了輕車簡行，都是一流的斷捨離執行者，把身邊的必需品限制在不得不佔有的極限內。琳達的終極夢想更是在荒野裡建造一間「地球方舟」——這是六〇年代以降無數環保主義者的夢想凝聚物，然而為了購買那塊小小的荒地，琳達要為最不環保的電商服務賺錢。琳達的夢想貫穿全書，她的矛盾也貫穿全書，《游牧人生》結束於琳達終於來到她的夢想之地，準備開工建造「地球方舟」之際，既令人欣慰，又令人困惱。

銀髮族、打零工的無保障、流浪者，他們把晚期資本主義社會的三重議題集於一身，但無意成為悲慘的新聞熱點。這些新時代的「下流」階層最令我欽佩的是他們的自矜和樂觀。跳出他們一團糟的財務狀況，仍能發現這種生活不完全是迫於無奈，也不是自欺欺人，這群人無意之間在進行新的拓荒：在一個未知的新經濟領域裡，這個新經濟基於反對消費主義的條條框框，「地球上的一切已經足夠，我們要做的只是重新分配」——車居銀髮族很佛系地小範圍內實踐著墨西哥查巴達游擊隊提出的革命理念。

是相濡以沫，亦是相忘於江湖。如果說所謂的「美國夢」在二十一世紀還存在，這些人發明著一種從「美國夢」偏移而來的獨立，他們在輪子上建立了一個白宮與

華爾街以外的平行美國。

這些老者的倔強遠遠超出他們的年齡應該有的，看了這林林總總的案例，你才會相信前年克林．伊斯威特的電影《騾子》（台譯：賭命運轉手）一點也不誇張。同時，他們的求存也戳穿著美國給外國人比如說台灣人描繪出來的幸福藍圖，書中隨處可見另一群美國人為了如何榨取同胞的剩餘價值絞盡腦汁，老人勞工剝削問題被他們粉飾成「同舟共濟」的一種施捨。

「你想去哪兒都行，你想停在哪裡都可以，不用再繳稅，不必付房租——這太吸引人了。從以前到現在，就只有死亡才有辦法一次過提供那麼多好處。」這是書中最怵目驚心的一句話，是一九三六年一本名為《汽車工業》的雜誌不無反諷地形容當時就被推薦給無家可歸者的拖車式活動房屋的。然而這句話，在二十一世紀的美國煥發出新的吸引力，怎不教人哭笑不得。

所以從另一個角度看，這本書又是一本末日生存指南。這樣說未免刻薄，但如果再有一場席捲全球的技術危機，這些適應了逐水草而居、善用身邊最低限度資源的新游牧族，無疑是最有可能生存下來的人。也可以說，在經歷傳奇性戲劇性的苦難之前，他們早已飽受這個社會對他們的背叛的傷害，裁員、法拍、離婚，幾乎是他們的共同背景……「不幸的家庭都是相似的，幸福的家庭各有各的幸福」——托爾斯泰《安娜．卡列尼娜》第一句名言，在今天要改變成相反的意思。

在覺察到美國夢只是大騙局後，這些不幸的人決定自己創造餘生的幸福，即使他們只剩下二十年可活，也豁出去投奔自由。這不得不說仍然是二三百年前拓荒精神在他們身上的延續，但這次他們的拓荒不再與自然爭一高下，而是順應自然，結盟自然去對抗城市裡那頭永不饜足的巨獸。

有時，我們對他們的善意想像只是為了讓自己好過，《游牧人生》的徹底直面浪漫想像背後的困難，這就很不容易。令人感動的是，車居族他們始終在努力證明自己是四海為家，而不是無家可歸。讀到最後，是那些在縱橫的道路上偶遇的陌生人，給予被主流社會放逐的同行者有了家之感。我這才確定她們的漂泊是對的，新的家庭關係源自新經濟模式的建立，這些獨立個體的無政府互助聯盟比基於血緣或者經濟利益而成的「正常關係」要美妙得多。

雖然大半本書都在告訴你現實，但她們最終還是選擇了理想。琳達的覺醒與決絕是必然的，她對這個消費時代的批判得到了她與她的同志們最實際的體驗的支持。如果看完她們的故事後依然覺得這種生活吸引，那麼恭喜你，你和我一樣仍然有機會成為新的地球人。

17 看得見的烏托邦——從建築的想像出發

文學藝術以外的書，我最愛讀建築家寫的書，一方面出於我認為文學應該學習建築的準確、堅硬和重視與人間的關係；另一方面我是一個天生的理想主義者，我認為每一個有抱負的建築師都應該是一個烏托邦信奉者，每一個建築都應該是前人對未來的憧憬所凝聚而成，就是一個小小的烏托邦。

美國著名建築家、都市規劃設計師普西沃．古德曼（Percival Goodman）無疑和我的想法接近，他的表述方式是：每一個烏托邦幻想家其實也是一個偉大的建築師和規劃師，他們的烏托邦文字應該是可以成形於世間的。

於是古德曼寫了這本《烏托邦之旅》（*Illustrated Guide to Utopia-an architect's travel diary*），英文的書名和副標題更能說明他的想法和行為，他要為歷史上最重要的幾個烏托邦理想國度描繪出圖像指南，而且是以一個建築家的虛擬遊記來串連。他熟讀這五本經典：柏拉圖的《理想國》、培根的《新大西島》、康帕內拉的《太陽城》、摩爾的《烏托邦》以及其同行威廉·莫里斯的《烏有鄉來信》，然後自己化身穿梭時空的旅行者，夢遊其中。

為什麼說古德曼是威廉·莫里斯（William Morris）的同行？因為把烏有鄉具象化這一實驗，文學才華、畫家的功力、建築家的空間建構能力和詩人的激情缺一不可。古德曼的虛擬遊記採取的是古代冒險家那種歷險記的寫作方式，疑幻疑真的敘述下，我們就像卡爾維諾《看不見的城市》裡的元朝大汗一樣被他和歷代那些烏托邦狂想家的語言迷宮所迷醉了。

不過卡爾維諾致力於在看見中讓讀者頓悟「看不見」之思，古德曼致力於一個建築家可以呈現的實實在在的看見，所以這本書最特別的還不是虛擬遊記，而是每一篇遊記後面附錄的大量插圖和圖解。這些插圖最能說明一個建築家的思維方式：

理性、清晰並且可行。

這著著實實給那些諷刺烏托邦的功利主義者一個完美的反駁，原來從柏拉圖到莫里斯他們的烏托邦藍圖並非只是一股道德主義激情驅使下的胡言亂語，借古德曼的畫筆，我們可以看到思想是如何與行動互相轉換，這才導向理想主義的最佳狀態：坐言起行。

而且仔細察看的話，你會發現古德曼描畫的空想建築的風格，就和他的遊記文字風格一樣，都是呼應於原典所屬的時代的。比如說關於柏拉圖理想國的繪畫，均由古希臘建築風格變形而來，關於莫里斯的烏有鄉的建築設定，則充滿了十九世紀新裝飾主義的華麗細節。五章內容裡，也是莫里斯那一章最充滿文采，像一篇短篇小說一樣，角色都躍然紙上。

但這還不夠，和這些極盡巧思的空想設計圖相比，古德曼的文字必須要找尋另一種方式去思考前人的烏托邦——實際上，他要處理的是，經歷過蘇聯和文革的那種「一九八四」式烏托邦噩夢的世界，我們該如何面對烏托邦的原本面目？可以看到古德曼並非食古不化的烏托邦信徒，他夢遊那些在前人敘述下完美的理想城邦之時，不忘以現代人的價值觀對它們有所質疑。這暗示出一個我們不能迴避的問題：所有烏托邦，都有潛藏的「反烏托邦」的極權因子。

像理想國聲稱要驅逐吟遊詩人、控制藝術家那一段，古德曼諷刺道：「原來國安是『怕』藝術的，就如莫斯科或北京的領袖一樣『怕』藝術，他們怕的是如果藝術不受管制，思想就沒有管制；思想不管制，就有可能有叛逆。」而在虛構的與莫里斯的辯論中，他反思集權與民主的兩重極端，提出自己的第三選擇：「讓每個人擁有自己的獨立一間，廢除社會專制。」

只要存在專制，無論是多數人對少數人、還是少數人對多數人的專制，烏托邦都可能會淪為地獄，這是我們的歷史之鑑。《烏托邦之旅》無意還點出了早期的烏托邦的運轉，其實都存在於奴隸制之上，城邦裡並不公平，是奴隸的勞動保障了「公民」的樂園。

這就是歐威爾在《動物農莊》裡點出的某種舊式烏托邦的本質：「所有動物生來平等，但有些動物比其他動物更平等」。既然這樣，今天我們為什麼還需要烏托邦？我在古德曼的書中找到一些答案：就像建築需要一種擺脫地心吸力的衝動才能成型一樣，人間也有一種擺脫人性陰暗面的衝動去建設完美社會的動力，這種動力就是烏托邦思想最寶貴的。

18 向旅鼠學習棲居

「人，詩意地棲居在大地上」，這句德國詩人荷爾德林的詩句一度是知識份子的口頭禪，後來也被廣泛地運用在房地產廣告上，但是對於何謂詩意的棲居，如今已經有太多的答案。關鍵是「詩意」，當代詩的詩意與唐宋古詩、十八世紀浪漫主義、十九世紀象徵主義的詩意都有極大的不同，如果依舊拿古老的詩意來要求我們今天的棲居，結果便是那些不倫不類的仿古建築了。

就日常住居建築而言，有一種樸素的詩意的誕生，可以說是對建築的原點的復歸，就跟六〇年代美國垮掉一代詩人的返歸生態文學的詩意幾乎同步。Christopher

Alexander的《建築的永恆之道》（*The Timeless Way of Building*）是代表性的宣言之書，他認為現代建築應該向民間學習「無名特質」，何謂「無名特質」？「無名特質」由「生氣」、「完整」、「舒適」、「自由」、「準確」、「無我」、「永恆」等概念一步步界定和修正，最後又被「平常」二字洗滌，他說：「我曾經看過一個日本村莊的簡易魚池，它也許就是永恆的。」

後來影響一時的「沒有建築師的建築」潮流，同名專著《沒有建築師的建築：簡明非正統建築導論》（*Architecture without Architects*）是有趣的歸納與啟示性讀物，裡面也有似乎與上述呼應的一句話：「鄉土建築通常與時尚無關。它確實近乎永恆，而且是無可改正的，因為它所達到的目標已至善至美。」《沒有建築師的建築》介紹了大量我們平時可能忽略的建築傑作，它們往往被視為人類學考察對象或者是旅遊景點，本書把它們還原為藝術，住居的藝術，你會驚覺僅僅出自人本精神的需要，環境可以隨意賦形變造，想像力驚人但又合乎自然之道。

作為這兩本名著的遙遠回聲，日本的著名建築家中村好文寫過很多本極其有趣的建築普及讀物，翻譯成中文的有《住宅巡禮》、《住宅讀本》、《意中的建築》

等，均強調建築的人性、詩意和禪意，尤其提出「居心地」這個概念——住宅不但是為肉體的居住而設，更是心靈的居所，即使是柴米油鹽一鍋一榻的陋室，也能擁有大教堂那樣的修心養性的能量。更何況，中村好文鍾情的「陋室」一點也不陋，它們只是反對當下多數城市人（尤其是香港中產階級）盲目追求的「奢華」時尚，在簡約中包含人類與環境關係深邃的反思，正是這反思能讓我們在城市中重建居心之地。

中村好文的書我每本必看，他的最新著作《我用風、水、陽光蓋房子》比之前的幾本更加吸引，因為它來自中村最直接的經驗，講述他歷經八年時間的一個建築實驗。最初中村在一個建築概念展提出想建造一間完全自給自足的個人小屋，「在二十世紀的最後十年，我要真誠看待雨水、風力，還有太陽熱能等大自然的恩賜，打造樸實又奢侈的休閒生活。」這是他當時的宏願。之後他多次在旅遊中得到民居的啟發，頓悟勞動者的建築之美——「有種沉穩、勇敢無畏的感覺」，這是他找到的建築的原點。我的理解是，建築和人一樣，都是無欲則剛的，越多欲望傾注其中的建築，實際上越不可靠，反而如台灣建築家們提出的「弱建築」

因為接近人的基本所以更加有力。

最後中村好文的作品，就是這家名為「LEMM HUT／旅鼠小屋」的木頭房子。它的誕生順其自然，來自路途偶遇的一家廢棄老房子，中村和朋友們親自動手接收改造成了麻雀雖小五臟俱全的工作休閒站，裡面充滿中村式的小機關，原來兩人的小家變身竟然可以容納多達十多人暫居。但最關鍵的是，它實現了中村感恩地球、自給自足的理想，全屋沒有一條外接線路和管道，收集雨水、太陽能和風力發電，木炭烹飪和取暖，最棒的是小屋還有附屬的一個小小屋，四平方米大小兼具了日式浴室、書房和小憩的功能，成為旅鼠中村離開眾人單獨沉思建築之道的隱居洞穴。

當然，如果你有自己的一塊地，你完全可以把這本書當作建築指南去一板一眼製造自己的旅鼠小屋。不過對於香港人，這基本是空中樓閣，因為我們的土地被財閥控制得更嚴。那麼我們除了看書幻想畫餅充飢，還能如何？其實讀書明理，關鍵在於理，通過這本《我用風、水、陽光蓋房子》我們不止學習建築，更是學習對自然、手作、土製的食物的尊重，這是一種人生態度，心居地的出發點。

書中最令我感動的一個細節就確證了這種尊重。小屋的前身是一對日本老夫婦拓荒者的老屋，中村好文接手後，決定保留原來的框架（實際會增加設計和施工難度），原因是如果拆除老磚牆，「等於連根拔除開拓者夫婦曾在此處生活而歷經喜怒哀樂的家的記憶」。保留記憶，就是在哲學上保留「曾在」，這樣才為當下的存在找到根基。回看香港，我們之所以日漸成為浮城，不就是因為我們自己配合了經濟發展的巨手，親自摘去自己的根基嗎？旅鼠不旅，方知棲居的祕笈，浮城何時才能不浮呢？

19 還千利休與「侘寂」的前衛真面目

這十年，「侘寂」（Wabi Sabi）又成為生活美學雞湯書的熱門詞彙。說是又，那是因為六〇年代禪宗西漸時，侘寂已經出現過在嬉皮一代西方藝術家的眼中；說是雞湯書，那是因為侘寂作為生活美學指南裡的一個百搭萬靈藥，神祕地在裝修和冥想之間釋出一點，就足以提高格調安慰凡心。最關鍵的是，誰也說不清楚，何謂侘寂？

日本近代美學家大西克禮在其專著《日本侘寂》中，為侘寂下過一個精煉而且可以納入西方美學架構中去理解的定義：侘——在陰暗處照亮美；寂——從破滅中尋找真。不過這也僅是一種詩意的譬喻，真正之侘寂是否真的如此積極，大西克禮的著作也未曾斷言，倒是從俳句茶道花道等方方面面把自己的定義拆解了一番。

其中一個拆解，來自千宗室，也即是茶道「裏千家」的第十五代傳人，他在《宗旦的侘茶》裡說：「所謂『侘』，作為一種風尚，不是那些在生存競爭中失敗的遁世者、與社會格格不入的隱逸者離群索居的避難所，而是為了涵養一種優雅閑靜的心境而崇尚清寂……一直保持爽爽朗朗的精神狀態，就是優美之心。」大西克禮認為這個解釋是非常消極的，中譯者王向遠則認為大西克禮的「消極」是筆誤，應為「積極」。

「消極」、「積極」之分似乎判若雲泥，但要是從侘寂的祖師爺，也就是茶道大師千利休那裡尋找答案，則是兩者均可。首先你要找一個原汁原味的千利休，他是一個藝術家／哲學家，甚至是一個商人，但卻不是什麼生活美學家。他就「侘」說過一句斷然的話：「侘者上，欲侘者下」，如此一來，無論是千家的歷代傳人還是大西克禮等學者，都落入了「下」的境界了。

能帶領我重新認識「侘者」與「欲侘者」之別的人，必定是一個不欲者。赤瀨川原平就是這樣的人，他是日本「路上觀察學」的倡導者、「考現學」的大將，這兩種學問在為學者眼中都是極其無聊和非功利的，同時他也是前衛藝術家，做過許多挑釁日本社會規矩的藝術品，甚至因為製作所謂的「偽鈔」藝術品而被告上法庭。他生平做過最「積極」的一件事，就是為另一位前衛電影大師敕使河原宏（Hiroshi Teshigahara）一九八九年的電影《利休》擔任編劇。其後意猶未盡，還寫了這一本藝術隨筆《千利休——無言的前衛》。

敕使河原宏真是慧眼，只有赤瀨川原平這樣的人才能真正理解千利休。赤瀨川原平不是歷史學者也不是美學家，他接到敕使河原宏的邀約之後，竟然是去買了幾本小學館和集英社出版的兒童漫畫去認識豐臣秀吉時代。但從藝術的悟性上來說，赤瀨川原平簡直可以說是當代的千利休。

赤瀨川原平也自知，上來就拿出他最著名的路上觀察學和千利休的茶道比較一番。就藝術的本質而言，茶道和路上觀察學一樣，都是把日常（喝茶和逛街）一本正經化而成的，前者看似比後者儀式感更強，就像赤瀨川原平親身體驗過的當代東京的「大師會」茶會一樣，幾乎淪為和服秀了。但赤瀨川原平的努力，就像電影《利休》所呈現的，是還原千利休非儀式化的、作為前衛藝術家的一面，那一面裡的利休，也是一個在美的路上尊重偶然的、他者之力的觀察者。

赤瀨川原平提出路上觀察學為「陰天的藝術」一說：「前衛藝術終於成為光的顆粒，不對，成為影子顆粒，散佈在整個日常生活中了。所以與其探索藝術的最尖端，不如在日常小鎮裡散步，更容易找到滲透其中的前衛藝術影子顆粒。」這樣與侘之陰翳、日常相同，毫不造作，優哉游哉，的確不是「欲侘者」那種強烈主觀意志。可以說赤瀨川通過千利休來重新定義的前衛藝術，也不是我們熟悉的那種張狂的、表現自我的前衛藝術。

不過，千利休或者說豐臣秀吉的那個時代，還沒有前衛藝術這一說。千利休不過是依附於日本自然美之本性，然後挑釁社會美之固化而已。挑戰有很多種，可巧赤瀨川原平都對應上了，曾經印製「零元」面值「假鈔」作為挑戰消費社會金錢之用的他，最懂千利休所強調的茶道因為無用而來的醍醐味；他從路上觀察學衍生出來的「壺庭」（地面窪洞自成一格的小世界）學，又是千利休營造微型茶室那種「縮小的藝術」的極致化。

而千利休自有赤瀨川不及的，就是他身上還有商人與政治家的能耐，且有豐臣秀吉這樣的對跖者給予的壓力。使他做出了金茶室、金茶碗這種大俗大雅之物。作為多舌好動的秀吉，要求作為侘寂者的利休以金做藝術介質，就算不是羞辱也是故意刁難了。千利休硬是做成這兩者，除了利用了黃金的陰翳美學（谷崎潤一郎說的暗室中屏風金箔之微光），還是因為他作為一個堺町商人，對日本民族根性裡的矛盾之體悟。

「因為利休一直有在觀察粗俗的事物。」赤瀨川一語道破，面對性感尤物一般的黃金，「利休沒有沈溺於肌膚的柔美，也沒有忽略其性質，而是單純愛那曲線，創造出嶄新的迷人關係。」這就是前衛藝術，就像那個五味雜陳的金茶碗，一切日本的物，都是日本的象徵，而不只是日本美的象徵。利休身上有秀吉的一部分，這就是日本。

金茶室事件和切腹事件，是豐臣秀吉與千利休「佳話」的兩個高峰。利休被秀吉以幾乎莫須有的罪名賜死，不加抗辯也不求情坦然切腹，這可不是什麼武士道精神。赤瀨川在電影拍完、這本書也快寫完的時候才頓悟：「這就是他力思想的表現……利休接受賜死，其實是掌握一個機會。話說每個人的死亡都是一個機會，一個讓人逃離世界的機會……利休奉命切腹展現出他的意志力，似乎也將秀吉的暴力看成一股自然的能量。」

赤瀬川是怎樣頓悟的呢？是因一個路上觀察學的聽眾跟他說，路上觀察學注重偶然遇上，「這是一種他力思想吧。」赤瀬川因此得出「偶然在利休的審美觀中佔了很大一部分，等待偶然、享受偶然，應該是他力思想的基礎，我想追加一條，必須不經意地享受偶然。」侘寂遇上了他力，才叫完滿，欲侘者是自力的表現，利休致力於摒除自力，這是他天才的矛盾。而他深知，當「茶」變成「茶道」甚至「茶會」之後，前衛藝術就「文化」了，所以他才斷言「我若死，茶便廢」。

赤瀬川進一步把這句話解釋為「利休在說，意義必須在茶湯的沸點上跳舞，要是不跳舞了，沸點就會降低，語言的邏輯就會沿襲陳規。」這絕不只是說茶道，而是說藝術、說詩為何必須前衛的至理。同時他借利休還達成了對形式主義的反思，這簡直是挑戰習慣的日本美學的定義，因為我們都像羅蘭巴特他們一樣懂得日本美是形式美、儀式美、符號美！但千利休是屬於前衛的、而不是屬於作為東方愛好者的異國情調的日本的。

因此《千利休：無言的前衛》這本書也是反日本美學至上的那些精緻生活指南書的。利休是「侘寂」具象化、功利化的一個無可奈何的始作俑者，赤瀨川則是要把侘寂拉回道路上、疏野陰翳之中，使它無用，甚至無藝術之用，成為徹底的偶然。

偶然等於任運，也即是海德格所謂的對存在對自然的聽之任之。這點，在當代藝術裡的意義只有保羅．克利和杜尚觸碰過，殊不知它依然潛藏在前衛的侘寂中，幸好，千利休和赤瀨川原平死後，我們誰都無法去挖掘它了——也許我們放棄挖掘，才能偶然遇上。

20 成為班雅明的同時代人

閱讀《班雅明與他的時代》（*Manifeste Incertain*）的春天，城市影院外鋪天蓋地都是科幻電影《阿麗塔：戰鬥天使》的形象。這部電影和它的原作《銃夢》一方面證實了班雅明的一個觀點：進步主義很可能導致的不是天堂而是煉獄（大多數「焦土科幻」的共識），但另一方面這個所向無敵近乎阿修羅的戰鬥天使，與班雅明的天使很不一樣——她沒有「過去」可供回望。

班雅明曾收藏大畫家克利的一幅《新天使》，一直攜帶它逃亡至死。他對它的描述也成為哲學史、藝術史上一段灼見名言，他說：「它表現的是一名天使，似乎正要遠離某個祂凝神注視的東西。祂雙眼圓睜，張開了嘴，展開雙翼。歷史的天使就應該是這個樣子。祂的臉面向過去。」

閱讀《班雅明與他的時代》裡那些菁英們的蒙難史，我深深感到：一個世紀前，上帝死去後，天使們進入偉大的迷途（海德格有言：「運偉大之思者，必行偉大之迷途」）。班雅明是其中之一，但他是墮落的大天使，和尼采飾演的路西法同一個級別。

不過這位二十世紀歐洲最難以界定的一位思想家，出現在一套繪本／圖像散文裡，似乎有點畫風不符。十幾年前我已經讀過他幾乎所有中譯本和兩本思想傳記（劉北成《本雅明思想肖像》和三島憲一《本雅明：破坏·收集·记忆》），很自然會問：為何需要一本圖像文學來演繹班雅明？純文字不可以嗎？

善畫者帕雅克（Frédéric Pajak）的文字功力亦一流，這套《班雅明與他的時代》的第三部〈逃亡〉還獲得了兩個文學獎項。首先，這不是一本坊間常見的哲學普及漫畫讀本，文字涉及班雅明的思想內核但絕非亦步亦趨的詮釋；其次，圖像在這套書裡面並非以插圖形式存在，而是與文字若即若離，有時甚至遙遠得僅僅能看出一絲隱喻聯繫，然而仔細琢磨，你能感到它為文字提供的強大張力，那是為何？這是我帶著讀完全書的第一個問題。

第二個問題，就是：為什麼是班雅明？或者借用時下流行的阿甘本（Giorgio Agamben）的概念來問：帕雅克如何與班雅明「成為同時代人」，我（讀者）又如何成為？因為只有成為「同時代人」才能合理解釋帕雅克創作和我閱讀的激情何來，班雅明的時代，與我們當下時代是否綿延而生的同一個時代？

畢竟他們，或我們，都是不合時宜的人，不合時宜，是阿甘本定義「同時代人」的第一個特質。「他生活在他的時代，一刻不停地觀看他的時代，他如此地熟知他的時代，但是，他也是這個時代的陌生人。他和他的時代彼此陌生。」中國學者汪民安對班雅明的這一定義，更有效地闡釋了何謂一個作家的「不合時宜」。

不合時宜，源自對一個被承諾的、公眾普遍憧憬的未來的不信任，這種不信任在班雅明身上更理所當然，他是被「未來」排擠出局的猶太人。納粹及其他獨裁者都慣於強調未來，除了政客鼓吹的政治願景還有其他暗示，作為藝術風格的未來主義直接在法西斯義大利和早期蘇聯產生是一個明證。

未來似乎是由勝利者由主宰他人性命者壟斷的，「我們知道猶太人是不准研究未來的。」班雅明說。進步論者往往會以進步之名去消滅它們眼中不進步的人，班雅明首當其衝。後者卻通過《歷史哲學論綱》等對進步論提出批判。本書倒數第二章的題目：「均質而空洞的時間」，就出自班雅明《啟迪》一書：「人類歷史的進步概念無法與一種雷同的、空泛的時間中的進步概念分開。對後一種進步概念的批判必須成為對進步本身的批判的基礎。」

這屬於班雅明力所能及最有力的反抗，他的病軀和情感羈絆不允許他有別的反抗，我們也可以在《班雅明與他的時代》的最後一章目睹他如何用盡最後一絲氣力把手稿護送到邊境，像一個護送軍火上前線的傷兵。他最後的時刻在帕雅克突然加劇的敘事節奏中，像極了切．格瓦拉的受難日。畫面裡漸暗的、構圖完全凌亂的西班牙法國邊境，那些樹林一幅幅都像是但丁《神曲》地獄篇的自殺者叢林一樣，釋放著惡的氣味，漸漸攫緊了班雅明、以及我的呼吸。

沒有過去，沒有未來，只有現在，帕雅克如此界定他所重新描繪的《新天使》，

他的畫面也常常停留在片刻，有時是歷史的片刻，有時是無意義的風景的片刻——果真無意義嗎？如果我們與班雅明成為同時代人共同去凝視這些無意義當中的幽暗？

「現在，我打算提出同時代性的第二種定義：同時代人是緊緊凝視自己時代的人，以便感知時代的黑暗而不是其光芒的人……他能夠用筆探究當下的幽暗，從而進行書寫。」阿甘本說。在《班雅明與他的時代》這個同時代人甚至包括了龐德、貝克特、布萊希特等等非常不一樣的人。

「因為他們是同一種族：流亡者。」在這句話之後，帕雅克向我們展露的，是他的畫作幽暗部分的細節——彷彿直接演繹前述那種對時代的黯淡的感知，他勉力捕捉的歷史路人的神色也如是，似乎都在「嘗試在當下的黑暗中去感知這種力圖抵達我們卻又無法抵達的光」。

在這樣的背景中，你才能理解這大半本涉及猶太人在二戰歐洲的受難史的書，卻抽出了僅次於班雅明的篇幅去描繪伊茲拉．龐德（Ezra Pound，恰恰也是我最熱愛的英語詩人）這位帶有嚴重的反猶主義傾向、一度迷戀法西斯經濟政策的瘋子詩人。時代的傲慢以不同的方式讓「一代菁英的頭腦瘋狂毀滅」（艾倫・金斯堡《嚎叫》首句），作為猶太知識份子班雅明的對立面的龐德，他倆的相似之處在於他們都以背叛自己來源的方式來緊緊凝視那一個時代，直至走火毀滅。

帕雅克也多次以極其疼痛的語言寫及自己的過去，穿插在班雅明、龐德們的痛苦之間，一時莫辨。而他的高超之處又常常在於文字也可以如上述圖畫一般出離、超越，他會陷入無時無刻的沉思，讓人想起卡繆那些早年的散文。

正如他某一章的名字：〈沒入風景的沉思者〉，在這一章之前是充滿內省的詩，是法國傳統的墓畔沉思錄；這種詩意克制地、漸漸變成了雄辯的長篇散文詩，去到〈均質而空洞的時間〉的時候甚至呈現出一種先知書的犀利，其洞悉力令人驚嘆，以詩的方式攀近班雅明的肩膀。

書裡雖然交織著打亂的時間線，但總是從一個城市到另一個城市的遷移開始，我欣慰於它每次回到巴黎，圖畫都會進入漫遊者視角，那應該也是班雅明一生最快樂的時刻。帕雅克的筆，也經常在遊走時代一大圈之後才回到班雅明身上，同時，他的許多畫面都用淡淡的墨色籠罩一道陰霾，以此駕馭屬於「眾靈」的詩意。

他們是舊日歐洲，也是湮滅的世界的眾靈，也是我們——為什麼我們尋找和死者不同的話語？「這種我們為了遺忘死者而想要肯定的語言變得毫無意義。剩下的只有我們最初的聲音與死者的聲音相混……在他們的聲音中有種對我們所在之處的嚴厲，但我們也為他們提供了某種可能的憐憫：死者憐惜我們，勝於我們憐惜他們。」

如此痛的覺悟，這不是一本傳記，甚至不是思想傳記。毋寧說是和鳴，痛苦的跨時空的和鳴。帕雅克說：「光是為生者的幸福歡呼並不足夠，必須修復死者的不幸。」我在二一八翌日寫完這篇文章，合上三冊鉅著，完全理解了從班雅明傳到帕雅克手上，再從帕雅克傳到我們這些，同時代人手上的責任。

科幻，作為現實的索引與未來的想像

21 德累斯頓之後寫小說是野蠻的？

自從阿多諾說過「奧斯維辛之後，寫詩是野蠻的」之後，許多根本不知道文學是什麼回事的人就拾人牙慧津津樂道，他們以為阿多諾的意思是：奧斯維辛的存在令寫詩這回事很無能，繼而他們質疑起整個文學面對殘酷歷史的能力。

其實阿多諾本質上是說：納粹的滅絕大屠殺使一切文明的意義都成為虛無，即使寫詩這一文明的精粹行為也與野蠻無異，甚至成為幫兇，但為什麼人們還要寫詩呢？詩與藝術是否奧斯維辛所留存的遺物中唯一可能否定野蠻的行為？

納粹屠殺倖存者、詩人保羅．策蘭寫出了〈死亡賦格〉，就是為了反駁「奧斯維辛之後，沒有詩歌」這種歷史虛無。而阿多諾看了這首詩以及保羅・策蘭、奈莉・薩克斯（一九六六年諾貝爾文學獎得主）等更多猶太倖存者所寫的作品之後，也公開表示自己的判斷有誤。

如果我們承認奧斯維辛等集中營之後，詩歌隨着詩人的肉體消亡，那才是真正向大屠殺投降了。這一種信念，驅使了身處不同位置的歷史親歷者去書寫人類的絕境，既有策蘭這種直接受害者，也有無奈身為加害者後代的德奧作家比如說巴赫曼（Ingeborg Bachmann），甚至作為盟軍當中的創傷後遺症者，比如說本文要談的庫爾特・馮內古特（Kurt Vonnegut）。

馮內古特要面對的是一樣的質疑：「德累斯頓之後，寫小說是野蠻的？」——德累斯頓大轟炸是二戰歐洲戰場最慘烈的一次轟炸，死亡人數十三萬五千，超過東京轟炸；關鍵是德累斯頓是不設防的文化古城，沒有戰略意義，因此轟炸死者絕大多數為平民，此舉成為同盟國極力想淡化的污點。而小說家馮內古特恰好當時作為俘虜身處德累斯頓，是災難的倖存者，他目睹慘況，因此耿耿於懷，其後花了二十四年處理心中創傷，終於寫出一部名著《五號屠場》（*Slaughterhouse-Five*）。

五號屠場是當時在德累斯頓的美軍俘虜集中營，卻因為其地下室牢固而保護了這批戰俘（包括小說主角比利和敘述者／馮內古特）與看守他們的四個德軍。屠場為殺戮而設，卻造就了生還的奇蹟，這樣一個反諷讓人哭笑不得。

也許正是這個反諷啟示了馮內古特的生死觀和這本小說的結構，他在小說中引入一個外星高級文明「特拉法瑪多」用來反襯「地球仔」的愚蠢好戰，在特拉法瑪多人的認知中，死亡不代表終結，人永生於時間的各個階段，時間也並非河流而是可以旅行的立體網絡。因此小說主角比利作為擁有時間旅行能力的人，同時穿梭於一九四四、一九四五年的歐洲戰場；戰後復甦的美國和特拉法瑪多星球等地，製造出小說內的平行宇宙結構。馮內古特的筆鋒銳利流暢，故事視覺感強烈，因此讀者隨着比利如魚得水地轉換敘事層面而毫不感違和，可以說特拉法瑪多的永生在此變成了小說藝術的永生。

當然，如果從偏向現實主義的戰爭創傷小說角度看來，二戰倖存者比利所相信的特拉法瑪多文明以及他的時間旅行，都是他為了迴避 PTSD 創傷綜合症的一種自我催眠，他虛構出一個較完美的宇宙來反駁這個殘酷無情——只會在每一次荒誕的死亡之後喃喃一句「事情就是這樣」的犬儒宇宙。起碼，小說中比利的兒女和醫生都是這樣相信的。

再加上馮內古特別具一格的黑色幽默文風，我們常常會捉摸不定比利的敘述那些是回憶、那些是當下、那些是虛構，馮內古特就是這樣讓我們在一笑之後細思極恐，因為在特拉法瑪多人的眼中，我們人類統統都是比利那樣的可憐蟲。而寫作，唯有寫作拯救了比利，當然也拯救了馮內古特，甚至從刻意隱諱當中拯救出德累斯頓的歷史。

特拉法瑪多式的寫作是怎樣的呢？比利所見如此：「每一簇象徵符號都是一個簡明、緊急的信息，描述一個情景、一個場面。我們特拉法瑪多人同時閱讀這些信息，而不是一個接一個地看。所有這些信息之間沒有任何特殊關聯，但作家小心翼翼地將它們裁剪下來，這樣，當你同時看到所有這一切時，它們會產生出一種美麗的、出人意料的、深奧的生活意象。小說沒有開頭，沒有中間，沒有結尾，沒有懸念，沒有道德說教，沒有起因，沒有後果。我們喜歡我們的書，是因為我們能夠從中同時看見許多美妙瞬間的深處。」

這像極了幾年前一部深邃的科幻電影《降臨》裡的外星文，玄之又玄卻治癒、消弭萬物的衝突。可要是跳出小說家思維來看，這不就是現代詩的特徵嗎？殊異意象組成的現代詩，並置着情感、信息和意志，將之同時交予願意虛懷若谷接受它的讀者，讓讀者與詩人同時感恩這個宇宙的無窮瞬間之美。

能寫出這樣的小說，絕非野蠻，乃是幫助我們「禮失求諸野」——以一種重新定義的自由邏輯、野生邏輯去取代在這個早就禮崩樂壞的舊世界那些僵化邏輯。文學的拯救，是如此充滿想像力，但又如此幽微潛行，它不能直接重建那個被轟炸成月球表面一般的德累斯頓或別的什麼地方，但它也許可以重建我們分崩離析的世界觀。

22 時間之海上，幻才是真

在閱讀梨木香步的《海幻》之前，我先讀到一首札加耶夫斯基的詩《沉默的城市》（李以亮／譯）

想象一座黑暗的城市。
它什麼也不理解。沉默統治著。
寂靜中蝙蝠彷彿伊奧尼亞派哲學家
在飛行途中做出突然、重大的決定，

令我們無比欽佩。
沉默的城市。裹在雲裡。
一切還不為人知。不。
鋒利的閃電撕開夜空。
教士，天主教與東正教的教士都一樣，跑去
掩上深藍色的天鵝絨窗簾，
而我們走出屋子
傾聽黎明
和雨水的沙沙聲。黎明總會告訴我們一些什麼
總會。

這首詩不謀而合地包含了《海幻》的三個因素：幻獸、蜃樓和修行者。但最關鍵的是沉默二字。梨木香步這部新小說，把她一貫隱忍幽微的書寫風格發揮到極致，她極其樸素以表面上的現實主義講著理應光怪陸離的魔幻故事。年輕的人文地

理學者秋野在「遲島」上遭遇各種傳說，傳說中的人、物擁有各種波赫士式的命名。但每一次幻獸出現，都會在隨後的文本隱沒下去，非常吊癮，漸漸你懂得，她是化神祕於無形。

詩中「沉默的城市」，可以是秋野踏足的遲島遺址、可以是遺址殘存的平家物語後裔、可以是神祕人山根先生給他指看的「海幻」海市蜃樓，也可以是秋野心中那一堆苦痛堆砌的往事堡壘，甚至可以是每一個讀者都會在心中封存的那座城市。

那座城，在小說結尾，五十年後的秋野意外發現的遲島殘簡上，被命名為「吾都」。——「那塊地被開墾出來時，就是吾都。吾都意味著我的故都。雖然依舊懷念被拋下的故土，卻還是決定斬斷思念之情，將此地改口稱為自己的故都。取名吾都，是否有此深意？日後隨時代更迭，ato 音轉為 hato……每一次喊波音（hato）等同喊著吾都（ato），波音二字也恰恰象徵著他們一路辛苦走來的波濤洶湧……」

我讀到這一段的時候，就像老人秋野一樣「背部像竄過電流」——我不禁想起了「我城」，「我城」是香港作家西西對香港的命名，恰如「吾都」的對應。假

如我城覆亡，千百年後，也會有一個秋野這樣的人撿拾我們的殘簡，念我等香港人的悲傷嗎……

還是回到故事的開始，才能理解秋野何以對海幻一般的世事低迴留戀不已。故事起始於一九三六年。尚未捲入戰火的日本本土，年輕的秋野自述：「但願能迎風佇立在那些地名的景致之中。想身處於經歷過某種決定性過程的靜默光景之中。如此一來，也許多少能夠領會人類的汲汲營生和時間的本質。我前年才失去了未婚妻，去年父母又相繼離世。」

這一段宛如能劇主角亮相的身世獨白，沉痛地為小說定下基調，也埋下懸念。梨木香步高度克制，講述了半本暹島探索故事之後，回到秋野心中最深的愛情故事。前半本介乎人文地理考察、人類學或者聚落研究的部分，有著田野調查筆記的親臨感，但因為是小說，就更帶有混淆現實與虛構的魅力。梨木香步擅於不動聲色地運用故事套盒的技巧，在秋野得知的那些貌似口耳相傳的民間傳說中，帶我們進入他內心的深處。

比如說其中最哀婉的惠仁岩傳說，起碼有三重指涉。傳說本身是在此島修行的惠仁和尚與愛人雪蓮的悲戀，指涉了尾生抱柱的殉情母題，繼而暗示了秋野對自殺的未婚妻的悔疚與殉死的潛意識，背後又帶出屬於梨木香步作為作家一貫對歷史裡的微物之神的憑弔意識。

更有意思的、更重要的是始終如幽靈一般沒有真正出現的「物耳師」（類似陰陽師的一種物哀通靈人）傳說，在秋野和梶井的探險之旅走進「耳鳥洞窟」的時候達到高潮：

「全身就像長滿耳朵似地，周遭動靜全集中到身上，就像要被吸附過去一般。下一個瞬間，好像聽見物體爬過地底的聲音。不禁張開眼睛，緊盯山洞深處，泛起無來由的恐懼。」——其實在那一瞬間，秋野和我們都成為了「物耳師」，這個詩人一般的已消失行業，有助於我們與自己的罪咎和解。作為平家末裔的梶井，想弔唁所有死去族人的強烈悲痛更加需要這樣的傾聽。

「然而，那彷彿游走在生死之境才可能出現的聲音，會不會只是我的呻吟呢？還是再往裡走，原本耳聰目明之人將陷入什麼都看不見、聽不到，也摸不清自身輪廓的原始感官，最後連自己和他人都難以區分時，才會發出那種聲音？若有心，是否將一路走向那最深處的黑暗？」秋野或者梨木香步，給出這樣的疑問，實際上那就是答案本身。

小說在這裡開始出現第一次斬釘截鐵的閃回，秋野在黑暗中彷彿穿越時空，回到與尚未成為未婚妻的女孩作伴回家的少年時代。「我和走在前面幾公尺的她之間，存在某種純度極高的透明物質。那是旁人無法介入的空間。某種銳利到一碰就會割傷、傳導率極高的媒介。那是只屬於我倆的空間。」從洞穴與歷史的黑暗走進內心隱藏的黑暗。那段未婚往事充滿了客語所謂「臨暗」的況味，而不是日語裡的「逢魔時刻」，因為在梨木香步的世界裡，魔幻不會這麼輕易張揚，她臣服於更大的魔幻：時間。

因此她需要近乎徹底的克制與默然。默然帶來覺悟，就像日本人把聖經啟示錄譯作「默示錄」一樣，「『感覺像有人會突然走出來，』梶井君說。『說的也是。』我如此回應的同時真心覺得：該不會我倆正走在亡者的世界？還是說打從一開始同行已然如此？『一旦爬上紫雲山就看不到紫雲山了。走在山麓時，看見突然現身的紫雲山，感覺也很不錯。』」其實這也是寫作的隱喻，尤其是梨木香步美學的象徵。

小說在後半段峰迴路轉，竟然跨到五十年後，也是筆力所見。重歸遲島的秋野眼中，再見到的一切都成為物耳師所面對的深度真實。比如說吃飛魚生魚片，兒子說「剖開切片時，因為長翅膀的地方很硬得切掉，這就是切除掉的痕跡。」秋野沒有開口糾正「那不是翅膀而是胸鰭」，只說「那是胸口的傷」。一下子就流露出他依然沉溺在往事傷痛中。

他也懷疑山根一家就是幻影，也想像了戰時死於南洋小島的梶井所懷抱的平家末裔的孤愁。當他重臨幾乎被兒子的開發公司清拆的良信和尚建築的「堡壘」時，他突然明悟「堡壘」的深義——「海幻，只有它確實一如往昔。我想放聲大哭祈求：可以的話，但願它永遠不變。」海幻看起來很像良信堡壘，或者相反也成立。幻者變也，怎麼可能永遠不變？把它用堡壘的形式固定下來，只是反襯了人面對「業」的虛妄而已。

黎明總會告訴我們一些什麼

總會。

「所謂喪失，即是沉降我心中的時間逐漸累積。一如立體模型圖，我的遲島在時間陰影的重疊下，於我心中成了全新的存在。」遲島的遲字，在古文中有天色將明，又有休息的意思。秋野是這樣和那場改變他一生的死亡事件和解的，而尚未走進耳鳥洞尚未目睹海幻的我們呀，仍然在修築虛幻的堡壘嗎。

23 吁嗟世界蓮花裡

「吁嗟世界蓮花裡」是朱耷名作《河上花圖卷》題跋《河上花歌》中的一句，這首玄妙的詩的開頭突兀地出現在駱以軍的「科幻」小說《明朝》第一章的中間：

河上花，一千葉，六郎買醉無休歇。萬轉千迴丁六娘，直到牽牛望河北。欲雨巫山翠蓋斜，片雲捲去昆明黑。

戴了看科幻的眼鏡，再加上小說裡不時冒出的劉慈欣《三體》的文本指涉，我看什麼都是科幻的。這首詩吸引駱以軍的是什麼？是一花千葉藏了那個青青世界？還是萬轉千迴的一顆女兒心，仍牽扯不盡、饜足不了書中那個「他」的嗔痴慾戀？抑或到底，只是買醉不歇的縱情——一如駱以軍那滔滔不絕的悲愴？後者便不科幻了，毋寧說它揭穿了駱以軍的偽科幻，證實了他的蘭陵笑笑生式現實主義。

我看重的，卻是「吁嗟」二字，那是很大明的。

《明朝》是本絕望之書，亦是不甘之書。劉慈欣的太陽系二維化毀滅史是《明朝》的引子，不甘滅絕的人類想出一個類似精神勝利法的招數：向宇宙深處發放一些承載了人類文明一個斷代史的AI，讓它們在萬年後憑空重建文明切片裡的億萬細節、朝野狂歡或者修羅道場。不得不說，這個「精神勝利法」是讓人哭笑不得的「慘勝」，更何況，本書的AI與它的導師（也即是本書的主角）選擇重建的是中國史上最瘋癲最慘酷的朝代：明朝。

而真正的不甘也來自此：在明朝，一個無法想像有多幽暗多荒誕的時代裡，卻有許多的藝術家、詩人、小說家、名士，不願同聲齊喑，反而是高蹈張揚、鮮衣怒馬，恨不得衣錦夜行，唐突於繡春刀的利刃之前，一驗血之濃淡冷熱。這種不甘打動了駱以軍和他的書中人：一個同樣迷戀咀嚼色空蒼涼之味的作家——且亦是熱衷於在壽山石裡琢磨何謂「範圍天地而不過」的喪志「癖人」。

《明朝》絕對能滿足另一批「癖人」：駱粉。他的繁複結構、繁富意象、文字縱欲等絕不加收斂，大有「有意氣時呈意氣，不風流處也風流」的狂僧作派。拳怕少壯，駱以軍依舊能炫技又能壓沉。他大量滲入冷知識（如讀古畫、賞玉）並且不避忌議論的寫法也許讓某些小說讀者卻步，但他又仍然在細節修辭上進行近乎失控的駱以軍式暴走，彷彿高級的文字色情毛片，不斷給讀者提供荷爾蒙的亢張。

本書也能向駱妻和多慮的駱友（如本人）證明，駱以軍沒有白玩石頭，他不是被石頭販子騙了的阿宅，他玩出了對迷你仙境的詩意領悟——這點上承中國山水畫中文人烏托邦的天花亂墜，下啟AI時代資訊迷宮的無限編排。而這種對訊息過載之物的沉迷耽愛更是我們時代的精神特徵之一，比如我們放不下的手機，就是這樣一個迷你仙境。

「中國山水畫中人物已失掉其人性，而為大自然之一。」顧隨曾說道。如此山水畫最是賽博叛客，貫穿《明朝》始終的那個仇英畫中美人，在我腦中喚起的卻是《攻殼機動隊》裡素子的假面，她們不是人，而都是未來之網絡海洋中的一滴。

駱對古畫的理解與想像讓人歎為觀止，我面對他那些思接萬象的文字就像李世乭面對 alpha go 一樣，自甘束手。正是這最傳統的手段提醒了我們這是本最未來的小說：超科幻小說。駱的對話對象是《三體》裡的劉慈欣，但成為了對後者的補全、救贖，以最物質最明朝的手段。

對明朝的沉迷本來就是很駱以軍的、也是很中國小說的，對形式、表皮之繁複的沉迷，對內核的淵深的嬉戲。就像他所說的「中國燈」：「裡面的光幻之後是一段亂七八糟、醜陋、不忍卒睹的亂碼。」

明朝及其皇帝朝野也曾經讓我非常「迷戀」，首先是愛做木工建築的明熹宗朱由校，在《明朝》裡它也是一個想重組河山與命運的超級AI，我曾經把他寫成另一個被困紫禁城的波赫士。我更愛讀南明史，曾以詩人尚書阮大鋮和末代將軍李定國為引子寫過兩篇短篇小說。無他，人之將死其言也切，國之將亡魔幻頓生，南明比南宋更是一個好舞台，因為前者的名士們都自知自己是一團亂碼，或者如朱耷與

駱以軍說的：一團亂墨。

我等只能止步於魔幻，駱以軍卻從魔幻之上舉刀狠狠地砍下去，這刀乃是我們繞不過的現實。像是預告一樣，第四章突然把仇英、唐寅、錢謙益作了一番《圍城》式鋪排，這讓小說後半部的所有現實場景順理成章。但駱以軍幾乎是帶點惡作劇似的，不斷在偽錢鍾書與偽張愛玲之中插進一閃即逝的賽博叛客細節，讓我們恍兮惚兮欲仙欲死。後來追溯李贄之死，是一個小高潮，熟悉《萬曆十五年》的人能體會，他的死與傷融合了明朝的崩潰，駱以軍直接加入歷史不可能出現的性幻象更是呼應了最後面出現的西門慶之死的詭魅毒爛。

「夢中之世再結夢，草枕夢迴寂思物」日本詩僧良寬的詩句，很能概括駱以軍這個過去現在未來、夢境幻覺回憶融會一爐的中國套盒——不止是略薩說的那種俄羅斯娃娃式中國套盒，更是明清皇帝愛好的旅行多寶文具匣子，層疊變化，然終究是物中天地。

夢中夢結構再加上性，卻憑空生出無窮物哀。正如岡田隆彥《重返戀物癖》（刊於《挑釁／欲望專號》）所說：「資本主義的極盛讓性的現象或性的影像得到擴散。個體意識落後於總體上的物質性進展的同時，被換成了對個人欲望的壓抑，文化上的貌似進步就因為這樣而被購買。並在其中引發了幻象式的性的侷限化。從結果上來看的話，這應該說是性的顛倒。」性與物的極致相稱，明朝這一個物質主義迷宮，卜正民的《縱樂的困惑：明代的商業與文化》應該成為駱以軍《明朝》的註腳，駱成功地把自己的戀物反思與華麗性幻想結合在一起，成為小說最勾魂奪魄的部分，顛倒夢想，樂於困惑。

就像他常拿來形容瓷器的這句「釉汁肥厚」，駱以軍淋漓盡致的語言、像一個難以滿足的欲望之奴，無休無止地游弋於按摩少婦的足脛與小腿上、以及其後無數難捨難分的「差一點」豔遇上，最終成為欲望之上的藝術：小說末段帶出那個「釉上」、「釉下」世界的層疊幻影。

不斷書寫的獵豔史為了增添虛無，駱式賦體，排比羅列癖，也是這種虛無、物質過剩的感情。然而虛無之中有墨留駐，那是為何？

混雜了那半虛構的「私小說」作家的慘淡流年的、那些最現實主義的篇章其實最為低迴難解，讀者稍一不慎就會嘗試去駱以軍本身上去索隱。但其實何必索隱，隱正是現實本色。我留意的僅僅是：在這個劉慈欣式未來、明朝、中國的大架構下，小說裡的台灣飾演的角色是什麼？那個市井台灣、沒落台灣，卻撐起整部小說的七寶樓台，是小說的骨呢。

好比我最為之驚豔的一段，貌似最囉哩八嗦的第九章裡，我們竟然從無聊煩瑣的現實隨一輛破計程車突入了二維世界——那些不堪的中年、噁心的兩岸關係、恍惚間突然截斷，好一陣清爽——水墨統一了一切，徐渭就這樣凌越、戰勝了明朝。

這也是駱以軍凌越劉慈欣的一段，「一整片像巨人從大氣層灑下的墨，很難以言喻那種淡墨之底，層次漸變化，像瘋子灑上的濃墨，但又有極精細描上線條的更純金的黑墨、周邊以為是樹木或牆垣的，是一種乾枯毛澀之刷墨。說不清這是一個二維的景觀？還是更高維（六維、七維）的墨取代了感官、物理學、城市建築、立體縱深，甚或所有資訊的世界？」這寫的是被徐渭《行草應制詠墨軸》所啟示的末日，在我看來，比劉慈欣用梵谷《星空》比喻的末日要複雜得多。

二維說不定是六維。「明朝」未嘗不是「明天早上」的意思。人生在世不稱意，明朝散髮弄扁舟——這才是我們在生死疲勞裡最後的吁嗟。歷經小說後段金瓶梅、杜麗娘等種種折騰，種種物質與精神、肉身與面影的生滅，駱以軍以一種詩人組織隱喻的藝高人膽大去生成「情節」，如卡榫的隱喻，務求相扣無縫巧奪天工。皆是徒勞，末了僅一聲歎息，那故鄉陌路上似乎永不完結的黃昏終於入夜。我們身為一些墨，也許就此融入黑暗書寫起「明天早上」那個明朝。

24 如何挽回這大意失去的世界

《大疫》面世的時候，久未在臉書露面的駱以軍發佈了一段短短的打書文，以他一貫的玩笑話開始，他說告知妻兒《大疫》出版的消息，小兒子說：「是關於粗心大意的故事嗎？」

言者無心，聽者有意。這一場驚世大疫，很可能真的出自某個人的粗心大意。但粗心大意不是偶然的，人類文明／反文明的發展也來自一連串停不下來的粗心大意，殊不知這都是人性注定的，或曰靈感或曰疏漏，或曰求生意志或曰自毀欲望，都是硬幣兩面，硬幣如何落下便有不同的結局。

駱以軍無疑深解此理，因此他建立《大疫》裡人歌人哭的末日後桃花源時，一邊是窮盡心力巧奪天工（他在文字上下的功夫對應了溪谷主人在製陶和冶園的「變態」執迷），但另一邊是率性繁衍，聽憑造化之力對「文明」變形、錘鍛，小說結構和線索之類的破壞來亂一如書中回溯的「疫前」世界，充滿無來由的暴力、惡意與荒誕。根本不需要什麼大疫，我們一直是這個世界的病毒，精妙非常，暴虐非常。

寫下「人歌人哭」，我是想到了杜牧的《題宣州開元寺水閣閣下宛溪夾溪居人》：「六朝文物草連空，天淡雲閒今古同。鳥去鳥來山色裡，人歌人哭水聲中……」這樣一種對文明盛衰的泰然任之，略帶悲憫，很東方，相對於《十日談》的辛辣肉感。可以說《大疫》是一部杜牧執筆的《十日談》，這並不矛盾，別忘了杜牧還有春風十里揚州路的輕狂豔麗，那也是《大疫》敘事者稍不能忘的三生前事。

但作為受益於現代主義藝術的一代，駱以軍沒有忘記西方正典邪典給他的饋贈。作為故事的其中一個潛文本，常常被提及的是伯格曼的電影《第七封印》和《芬妮和亞歷山大》——後者結尾念白那句斯特林堡之「萬事皆可發生，時間空間並不存在，在現實脆弱的框架之下，想像如紡線交織着新的圖案」完全可以看作駱以軍一以貫之的創作追求。我們的文青營養劑想不到在這樣的地步——小說中萬物凋零、文明寂滅前夕——爆發衍生，成為救贖。

駱以軍對這類救贖，半推半就。他可以決絕：「我們早就不是人類了。只是一些無限打開窗口的幻影，沒有東西不能被羞辱、傳輸、修改、說謊、冒用。這是真的發生了。『我們只是一個很爛的劇作家寫的，面孔模糊，滴哆走著就融化的角色』。不，連『角色』都不是，是一種『人類』已不在了，但在空氣中無所不在，如煙飄散的『戲』。這時我們很久沒有稍停頓一瞬，愣想一下：什麼是戲？」

「什麼是戲？」——虛無增值一萬倍，也依然是虛無，反過來說，文明削弱一萬倍，也依然是文明的幽光。可以揣測造就駱以軍動筆《大疫》的其中一幕，和同樣震撼我的一幕相似：那就是作為西方文明源頭的地中海數國在瘟疫大爆發時的迅速淪陷，義大利、西班牙、法國等地的死亡數字幾何級增長之際，梵蒂岡教宗方濟各在傍晚雨中來到聖伯多祿大殿前，獨自祈禱求主垂憐飽受痛苦的人類。那一刻，方濟各與伯格曼的騎士形象恍惚重合，他其實是在跟死神對弈，以求苟延文明。

駱以軍舉的例子，是盧梭的畫《入睡的吉普賽女郎》「很久以來，（那已經十幾年了）我都掛在網路上，快速翻跳朝生暮死的訊息，但那個停住的時刻，那麼靜謐、幸福、哀傷，純粹就是那幅畫的美。可能就是那一年，人類的悲慘，或那近乎一百年全白貴的，如同回到一戰前的，對他人的大括弧之貶低、羞辱、仇恨，這應當深深傷了我這一代，曾經被『世界』的文明、藝術、思想啟發，追夢者的心。」

作為文明之子，駱以軍不甘，因此無論溪谷主人和老和尚等多麼「出世」，他終究是入世而非厭世，執著而非虛無的，在小說後半段痛斥歷史時他簡直是憤世的。同時，駱以軍向著他小說裡的人物、故事，絕不輕易放過一個人的命運任其流落虛空，均濃墨重彩渲染之，大有地藏菩薩「地獄不空，誓不成佛」的勇猛與悲壯，但地獄在乎一念，這一念何來？

《大疫》一發，其啟萬端，若只取一，那就是香港——香港來的那個女子「安」——那個香港的小寡婦。這當然不是我自己的偏心，這也是駱以軍的偏心，這個女子（我懷疑我認識她的本體）曾出現過在他其他敘事裡面，但這一次最為痛徹心扉。是因為加上了香港本身的悲劇嗎？他們相識的十年前的香港，如今不但在政治的角力，在若即若離的異鄉人的生命錯位中也敗壞下去了。

然後的香港末亡人，難道可以作為隱喻理解嗎？無論如何，她成為這部小說的最沉重的鑰匙。「她是這溪谷中的『故事之夜』中，意外成了所有故事的女王……就像是深海中無數艘沉沒的船隻，她就是那艘讓人唏噓、慨嘆的鐵達尼號。她似乎裹脅了大多人世本來的美好夢想、一只一只冒出銀光大氣泡下沉的鐵箱、一層又一層的失落之物。」

不，鐵達尼號？這難道不是珍寶海鮮舫？或者鯨落——「我們之所以能在此有緣相聚，或是，我能如墜五里霧、螺旋錐下跌，進入這『餘生』，全是她那良善的念頭，一瞬之光幻造出來的這綠光盈滿之溪谷？」——或者這是安（不安）的方舟，還是末日餘光之中哭笑前行的瘋人船？

駱以軍的耿耿於懷是一回事，而「D-DAY來臨，全部人類的大寫時間全終結之時，香港曾發生過的那一切，並來不及給一個公義、人類之光、救贖、甚或神之判決的什麼。」則寫出了我的耿耿於懷。世界會因為對一個人的辜負而

報應萬物嗎？神會因為我們對一座城市的辜負而報應世界嗎？駱以軍安排了安的死亡是身處疫情最嚴重時期的西班牙，把個人的耿耿和文明的絕滅牽手了，給出的答案是世界之神不會，但小說之神可以。

小說之神，可大可小，在《大疫》裡他毫不掩飾自己就是一個萬能的、所向披靡的病毒這一狂想。這是狂想，也是狂悲。「他要把她，不，和她的美麗年輕裸體擁抱在一起的這衰老的自己，這一段畫面，封印、隔絕、藏匿在他的『在一切之外的房間』」——悲哀莫過於執迷，「他便已預知了這個分崩離析的時光之歌的無情，不，不是她無情，而是這樣的向量，四面八方、裡面外面，每一個延伸出去的觸突，都被打開了基因開關，像迷宮迴廊成千上萬依序排列的小小胎兒，突然都開了眼。」

——但這無數緣起緣滅，驚心動魄又如何？「你在那個時刻，給了那女孩一個綿綿、像雨季、濕潤山林霧氣的、撲朔迷離、上萬只音叉共振的『情』：『女孩別怕，我們都在這裡。』這是所有聽故事者，給那些因生命的凹洞、悲劇、不能承受的遭遇，而隱約將形成『故事』者，最大的安慰。」除了小說裡的女子，我還感謝駱以軍為張紫妍們、林昭們抱冤，這不僅僅是一個賈寶玉情結，也是對文學最大的信任、冀望。

「我想說的是『愛』。是的，『愛在瘟疫時』裡的那個，像人子耶穌凌波走在水上，在一切空洞、死滅、下沉的全景上，奇蹟似走動的那個字，『愛』。」很難想像這樣傳教者式的話從魔鬼駱以軍筆下寫出。但正是這愛與瘟疫的螺旋式交配，衍生了人類之舞，一如葉慈〈在學童中間〉裡所寫的：

果樹啊，根柢雄壯的花魁花寶，
你是葉子嗎，花朵嗎，還是株幹？
隨音樂搖曳的身體啊，灼亮的眼神！
我們怎能區分舞蹈與跳舞人？

小說走向結束前，因為現實世界裡疫情得到控制，以及始終懸宕在本島上空的戰爭的陰晴變幻，使得本來是末日小說的《大疫》，意外變成了架空歷史小說。結尾又從架空小說猛然一躍進入某種元科幻的境地，以恍兮惚兮的身分迷失去反思整個宇宙的存在，實際上是本體論式的哲學沉思的圖像化。駱以軍的想像力駕馭這一切綽綽有餘，他又一次挑戰了他的假想敵劉慈欣。

不過他的悲憫決定了他和劉慈欣是兩個世界的人。就在他把病毒角色分享給每一個值得同情、值得珍惜的人（甚至有一章給予大家都不屑再寫的老兵）的時候，這場大疫就註定和現實的大疫不同，它實際上是大翼、大憶、大義、大熠等等混合而成的一場「大囈」，它只屬於那個在六〇年代台北倉皇的微光中走失的孩子，他要用數十年的書寫去把自己的、文明的本來面目尋回。

25 從零開始的全真世界

二〇一九年，某種程度上可以稱為「賽博叛客」元年，因為那是最經典的一本賽博叛客作品《銀翼殺手》所設定的「近未來」時間背景。高翊峰的科幻長篇《2069》在這一年去書寫另一個「近未來」的「焦土廢墟」、另一個島嶼，必然意味深長。

未來就是不斷發生的當下。這一基本認識，不用等到二〇六九年，就在二〇一九年的香港和台灣，我們已經深刻體會。我們想像以及書寫五十年後的世界，當然是為了今天的世界設立一個座標系，就像我們回顧五十年前，一九六九的意義在於今天我們繼承了那個火熱的年代多少遺產——無論是關於反叛還是關於失敗。我們是被過去寄予希望、又被未來的目光所審視的一代，因此我們戰鬥。

當讀到《2069》第一一〇頁「去年，是 Dr. HK 去世五十週年……」我赫然一驚，眼眶一熱，這不是在說二〇一八年香港死去嗎？但為什麼是二〇一八年而不是二〇一九年是香港之死？我的答案是：二〇一九是新香港誕生之年，就像《2069》歸根到底不是關於烏托邦島嶼上那些不死老人的自決死亡，而是關於一種新的「人」在未來世界的誕生，它們會毅然捨棄已經凋敝僵化的人類社會，以自己的法則在自由的「零」的領域中行動。

香港的死成就了什麼？就像書中的 Dr. HK 他並沒有真正消亡，他成為了一個意識系統，像神的一部分（也許是聖靈），又像中陰身的鬼魂，引導著達利他們的覺醒與輪迴。

但在達利心中埋下覺醒的種子的，是他的人類「母親」林真理。作為人造人，達利是被分配給林真理作為兒子的，但在達利的回憶流裡，不斷回放的是，作為人類文明遺子的母親不倦地告訴他人類最基本的認識。通過名詞闡釋的方式，林真理在洗刷那些在人類末世（包括我們的現在）已經被深度污染與扭曲的詞語，給白紙一張的達利建立了一個純真、詩意與文明的世界觀。

這也是思念的特殊呈現方式。《2069》重新定義很多情感表現方式，符合人造人的本質但更引往被我們遺忘的人的原初能力——或者說愛的本來形態本應如此。母親不斷教導給達利的將由他的行動回饋，使《2069》近乎一本感恩之書。

而且記憶中的母親每次說完話，她都會強調一句：「你依舊是我兒子。」即使達利沒有指紋，她仍然告訴他說：「你是獨一無二的，不會跟任何另外一個人一樣。我的兒子，達利，你不會重複。」熟悉賽博叛客或者AI文學的讀者應該能意識到，「獨一無二」是人造人最忌妒人類的、也是劃分非人與人之間的界線。可是反過來說，當我們人類越來越面目雷同，被洗腦成社會工具，一個人造人經過覺醒之後的「獨一無二」又有何不可能？

通過漫長迂迴的回溯「母子」「情侶」這樣的古老關係，這本書打動我的一條暗線，是一個追尋失落價值的過程。這讓我想到二〇一九年香港的抗爭運動中，一些「關係」被重新定義、換發新生命的例子：比如「手足」，指前線抗爭的同志；比如「仔」，指需要成人協助救援（「執仔」）的少年。世界的更新，本來就需要

「正名」，也即詩意地重新發明命名方式。

「永恆的女性，引領我們上升」歌德《浮士德》的最後一句，可以作為《2069》裡理解那些新生的鑰匙。除了母親，達利身邊的女性或者女性設定機體，無一不在給予他教育和機會去認識自己身上未知的存在。他的副手／愛人卡蘿，教他學習愛和超越教育規範的感知與行動方式；他的性伴侶櫻子用無與倫比的性愛啟迪他覺悟人性；他的「妹妹」，一個原本設計為「陪伴性機器人」的低階人造人，竟也以自己「沙樂美」的身分隱喻，協助了他的決斷。

這些書寫中，高翊峰的筆觸罕有的完全深入模擬人造人的「意識」，有論者稱為「意識流」，幾近焉，不過這還是人類文學中心的加權方式，如果啟用一個新詞，比如說「鐿識流」可能更有趣地貼切。

這種書寫必須逆傳統文學而行才能反擊人類成見。比如說達利與櫻子性愛那一段，迷幻又細膩的可視性，其實是高度模擬VR的——這是一種反方向的模擬，就寫作而言，是人類作家掌控上帝視角的放大。這也是我在華語小說中讀過最特別的性愛描寫之一，達利在性愛後才「重新擁有生殖器」，他對環境的觀察描寫也開始人性化，這場性愛成為了整部小說的隱喻性的中轉點，此後便是一氣呵成的覺醒與行動。

性既如此，愛更不用說了。卡蘿向達利示愛之後，那一大段對卡羅的愛的描述太精妙，克制地從淚水、記憶等角度去再教育了達利：「卡蘿表述了『愛』這個具有排斥特質的詞彙，帶給我教育設定之外的體感。我推想，這就是真實的恐懼。是吧？對吧？這與情感設定的恐懼不同。目前的記憶體無能為力承載儲存。」於是，順理成章，「為了避免恐懼，我需要真實地甦醒。」

愛變成一種抗爭的前奏，「自從記憶儲存卡蘿說過『愛』這個字彙之後，教育設定推動他迴避解讀這個單字，但沒有限制他收集卡蘿的每一次凝視。」這是多麼細膩的對愛的真正領會，不需要解讀，只需要凝視與收集凝視。同樣的，在卡蘿身上留意月光和在妹妹身上留意月光，是達利愛的學習的畢業論文。

高翊峰擅長這種從科技過渡到隱喻的書寫，比如說隨後關於沉默鐵橋（還有安河與靜河）的描述，他克制地抵達一種詩的神祕之中，這是對人間的沉默深有體悟的人才能寫出的。然後他把這種神祕引往信仰、前世這些形而上的終極問題，提醒達利也提醒我們，人造人、AI的世界也需要思考這種關於存在與死亡的玄奧，這使《2069》一下子超越大多數作為類型文學的科幻小說。

漸漸地，那個世界裡的人造人，顯得比人類更在乎生死的意義。貫穿全書的「自主死亡」是一個哲學問題，一如卡繆所說的「只有一個哲學問題是真正嚴肅的，那就是自殺」——「在否定的時代，思忖自殺問題是有用的。在意識形態的時代，必須清理殺人的問題」。《2069》涉及了兩者，因為不死的人類的自殺，需要人造人的協助（殺人）。

當達利思考這個問題的時候，卡蘿則以更具宗教色彩的「處女懷孕」把他的決斷推向極致。假如卡蘿子宮裡的是「上帝之子」，達利、卡蘿、賽姬就等於約瑟、瑪利亞、聖靈，故事的結尾成為另一個逃出伯利恆的新版本，但達利最後做出的選擇，卻是完全屬於AI思維的堅決。他回歸了、或締造了「零」的世界。

「零」的世界只有對於人類是虛空，對於AI，則是鯨魚面對大海一樣是自由與富饒的，相較於《攻殼機動隊》的信息海洋，更接近的是士郎正宗另一部冷門作品《仙術超攻殼》中的渾沌天界，不可揣測難以想像，卻無比真實。

全書結尾時，Dr. HK留給達利他們的最後一句音訊意味深長：「你們無法回頭，只能不斷決定，選擇下一步。」這無可避免的，讓我想到香港抗爭運動的「不斷決定」、「不斷革命」，也許，我們的年輕抗爭者，不學而能地擁有了迥異於舊式社運的思維與行動力。

如果不是這種與當下世界的聯想，讀完這本書，我會懷疑我認識了十多年的高翊峰，他是一個AI。

寄寓生態與自然：對大地的回歸

26 大山的送信人

二〇一七年，台灣文學最大的損失，是年僅十九歲的劉宸君之死。她的死亡事件上了全球的新聞，不是因為文學，是因為她登山受困，在尼泊爾納查特河谷旁邊一個洞窟四十多天，大雪封山，最終失救。二〇一九年，她的遺作結集出版《我所告訴你關於那座山的一切》，成為這年我最喜歡的華文文學書。

「我想我必須開始成為蜜蜂了。」這是劉宸君最後的遊記中極其平常地說到的一句。這句話震撼了我，似乎解釋了她不日之後傳奇性的死亡。緊接在這句之後的，是「如果不這樣做，我想我會漸漸死去的。」

她的確成為了傳遞隱秘的山川訊息的蜜蜂，因此，她並沒有死。雖然她這本唯一的作品裡，詩文都充滿了所謂的「讖語」，預言著她作為人類肉身的死亡。

諸如「你會用山的方式死去嗎？／像一片落入黑夜的岩壁，富毀滅性／浸滿黑暗的眼睛／閃爍一種光亮的哀戚」「彷彿就快要可以下起一場／碰觸不到人的黑雨／尋找一個巖穴／陪伴因而被點亮／卻也因而乾涸的人」都宿命得觸目驚心。

「這個年輕人有的詩文已經寫得比我們都好……」我不禁發出她的老師吳明益一樣的愧疚之嘆。假以時日，劉宸君絕對能成為台灣文壇的耀目明星——我馬上覺得這種惋惜是多麼庸俗，她並不在乎。她詩中呈現出的那種靈氣與超然，我只在香港作家吳煦斌的少作裡見過。

關鍵是她的文字已不能只用文學去衡量，而是生命赤裸裸的耀光。難得的是她也始終有一個寫作者的高度自覺性，時刻駐留、徘徊、返觀，是自己與自己經歷的世界的冷峻解剖者。同時這又是赤子之心的爐火熊熊，她不但瞭解山，也很瞭解人的狀態，她書寫那些鴻爪雪泥間交錯而過的平凡生命，就像是寫自己的掌紋，深沉

老道地沿著語言的脈絡進入世界的脈絡，遠超她的年齡可能達到的精度。

我無法用一篇散文去呼應這些屬於某個巨大的未知物所引領而生的文字。劉宸君是有幸的、世間不多的能領受這未知巨物的人，也許因為如此，神以別樣的方式把她收回到未知國度中去。「若我先到了……雷電劈開宇宙時，／我把它們裝進酒杯／舉了起來」——這句詩，我視作她從容的告別與約定。

我們恰巧與天才同一個時代，然後目睹她被命運忌妒折斷，目睹媒體以她所厭惡的「奇觀」一樣的方式呈現她的死亡。萬幸有《我所告訴你關於那座山的一切》這樣一本書，凝聚了劉宸君的精魂，清洗了我們作為死亡消費者的褻瀆，只留下這些純粹得如高溫燒煉而成的文字。

宸君始終是一個送信人，來自山的信件卻無比輕盈，可以抵銷死亡的沉重。但我們能承受這麼純粹、璀璨的愛嗎？這本書彷彿屬於上個世紀之交的三詩人書簡，像茨維塔耶娃和帕斯捷爾納克的熾熱精誠在其中呼喚回應，呼喚我們成為里爾克那樣的收信人。

《我所告訴你關於那座山的一切》的最精華部分是詩，似有山靈附體的流利意象轉換之間，是實實在在的手、足在自然與人心之間的砥礪，宸君學習了山的坦然。好些詩句甚至超越寫了二十年三十年的詩人，不是因為技巧，而是因為她從容袒露自己的靈魂，而這被袒露的靈魂如此繁複，自成波折萬象。

其餘的書信、札記又何嘗不是詩一般，她不斷交出又反顧自己短暫一生所捕獲的能量，為我們證明文字依然高貴、與城市裡的買賣無涉。《我所告訴你關於那座山的一切》是行動詩、是生死攸關的詩，它的「未完成」帶有雨雪淋灕的濕度，我們只能置身其中大口呼吸她送給我們的清醒。

27 縱命如草芥，亦再生為人

「一九四五年九月十日，二次大戰日本宣布投降後，一架從菲律賓起飛的軍機，載滿已釋放的美軍俘虜，在三叉山東北方撞毀，機上二十六人全部罹難，又造成由日軍警組成之搜救隊（前中後三隊）前隊有二十六人在途中遇難，前隊生還者僅憲兵曹長後山定一人，史稱三叉山事件。」為何維基百科的寥寥數語，足以讓小說家甘耀明夢縈魂牽，寫下十數萬字小說《成為真正的人》？

因為這是一個無法讓任何人釋懷的悲劇。悲劇之悲在於其充滿偶然性的毀滅；

悲劇之劇，在於我們作為命運的旁觀者從耿耿於懷中狐疑，覺得偶然當中那必然的人性閃光，非僅因為神性的垂愛，因此我們無法不舉筆探詢。

三叉山事件之悲劇感，完全符合古希臘悲劇的要素。明明戰爭結束了，從沖繩飛往菲律賓美軍基地的盟國戰俘卻失事墜落台東高山，從片刻的自由落入地獄；明明「解放」了，被歧視和奴役的原住民卻充任搜救隊前鋒，為尋找曾經的「敵國」死者的屍體而獻出自己火辣辣的生命。這都像是神的玩笑。

不能比較兩者的死哪個更無意義一點，死亡，要麼是全無意義，要麼都有意義。但成為真正的人，是指在死亡面前樹立生的意義。哈魯牧特因為所愛之人海努南的死亡（死於盟軍空襲），而一意孤注於自己的死，但在他參與這場似乎毫無意義的死亡搜救的時候，他發現了生的意義——知生，方知死。他與之和解的，不只是「敵人」、不只是自己的執念，甚至還有愛本身的亡魂。

當然：我們必然愛，然後才死（我對奧登的詩句 We must love one another and die 的任性翻譯）。佔去全書一半篇幅、和史實上的三叉山事件毫無關係的那一對布農族少年的愛，已經為後半部生死關頭處的覺悟埋下了伏筆。那場在迫在眉睫的戰敗前好像無限延宕的少年愛，令人柔腸寸斷——那些纖細貼近於男孩的寒毛、體液麝味、狂跳的心臟的文字，像極了上世紀初的官能主義作品，但又因為雙重的絕望（對殖民地毀滅的預感和無法出櫃的痛苦）而抽離欲望的饜足，變得清新脫俗。

就像《太陽帝國》的迷幻回憶，越是延宕越讓人揪心。果然，愛人的死亡來臨便一氣呵成，與密鑼緊鼓的文字反襯的是荒謬的命運：對你最重要的人的消逝最近乎兒戲（這才是生命的真實吧）。在鋪墊哈魯牧特尋找海努南時遇見精神病女人共舞一段，尤見功力。甘耀明的文字魅力一貫在於張弛有度之上適當的放縱，這裡第一次火力全開——在後半部的最後幾十頁，這死亡的獨奏獲得更宏大的呼應成為交響曲，只是那時你已經被悲劇的漩渦緊緊過住，無法從容欣賞死之奇美了。

如果說上半部是惡時代對善男子們的調戲和蹂躪，下半部則是這惡時代到達極端之後，給予人們一個自我救贖的可能。

源自這架莫名其妙墜落三叉山嘉明湖附近的美軍運輸機，它是天降的詛咒，讓二十六個搜救者被連累喪生，但它也是天降的契機，讓各族各階層的人得以脫離世俗的身分，成為拯救者、成為犧牲、成為山和湖的一份子。

日本軍警聽命天皇玉音，迅速從致力殺戮變成「致力和平」，試圖從對受難的前戰俘的尊重中獲得戰敗者的尊嚴，這不算什麼。原本掙扎在被奴役、歸順與抗爭之間的布農族、阿美族、平埔族等住民，在大山與風暴之中彰顯了他們主人的位置，海努南得不到的尊嚴，哈魯牧特、查屋馬們以自己成為真正的人去恢復之。台灣現代史裡最被忽略的各原住民部落，他們命如草芥的生生滅滅，也通過《成為真正的人》虛構的這個少年（以及他的祖父、同族與異族友人）的形象銘刻下來。

還記得，故事開始沒多久，哈魯牧特把海努南的屍體揹到海邊焚化的那段：「他用漂流木把屍體燒成灰。他看著廣袤的太平洋，以前覺得海洋是活的，用浪花講話，但從今天開始海死了，因為他把海努南的大部分骨灰拋進去了。小部分骨灰帶回部落⋯⋯骨灰混進了甲子園球場的黑土，成了混沌息壤，彷彿不是生命的結束，而是即將開始，但是他找不到如何開始。」

這息壤，好像一直生長，最後在三叉山上啟示哈魯牧特。除了生生死死的人，還有彷彿從哈魯牧特的夢中走出來的鹿王和雲豹，牠們不是人，卻在提示何謂寬恕與信諾，哈魯牧特才得以放下對美國人的恨（開悟他的還有桃子醬講的鬼吃恨的部落傳說吧）。海死了，山活了，這讓我想起兩本偉大的繪本：立松和平的《海之生》和《山之生》，成為真正的人，也就是成為海和山。

如果比之漫畫界，甘耀明更像是松本大洋。熱血、深邃、殘酷和細膩、極端和溫柔，這些有點矛盾的特質飽和地充盈於他的文字海之上，悠悠蕩漾，從容不迫。他借角色所寫的那些野俳句和寫給亡者的情詩的意義，我也在瞬間明白了。它們吸引我，是因為它們都提示著那麼一個荒蠻亂世之深淵中，依然有文字的清潔維繫著人的高貴——其高度恰恰與那些反覆賦比興的草木鳥獸之名相齊。

《成為真正的人》這樣一個很不像小說題目的名字，其中深意，非關什麼自我發現、身分認同、成長寓言等等理論廢話，而是關乎生死一瞬的覺悟。否則無法直面歷史的勢利和虛無，否則無法從遺忘中把死者拽出來，就像祖父嘎嘎浪把哈魯牧特從救生艇的包裹拽出來一樣——這是一個從子宮胎衣裡再出生的隱喻。

是了，去年我去過關山的電光部落，當時並不知道這就是三叉山事件死難的雷公火阿美人之鄉。但那晚我看見了久違的滿天繁星，直到今天，甘耀明用全書最美的一幕：哈魯牧特夜宿救生船之所見所聞，替我補充了一年前的無言。

——「眼前的銀河，也是宇宙中的颱風，有著晰亮星牆。
他也是星河中的孤船，晃蕩漂浮，無處下錨。
又是孤鳴，那時來自山稜線、天地間的呼喊。」

米呼米桑，我聽見了。

28 觀星者與大地、人心的懇談

如果把《欽天監》看作同樣以清初歷史為背景的《哨鹿》的姊妹篇，那麼這個寫作時間跨度約有四十年。四十年之隔，一以貫之的，是西西的悲天憫人。

這個悲天憫人不是傷痕文學、控訴文學式的，而是面對所謂的波瀾盛世（《欽天監》是康熙，《哨鹿》是乾隆），西西偏偏著墨於一個小小的天文學者或一個獵戶的淡淡歲月流逝，他們身邊有虛構的凡人也有歷史有名之輩，西西平視之、周旋之、容與之。她的清明上河圖遠離漩渦中心，雖然欽天監、獵場這些設置和皇室脫不了干系，但裡面人物總有西西一樣超逸而安的性格，就像《欽天監》的主角阿閎，是天文也是人間的懇切對談者。

是皇帝，總免不了「不問蒼生問鬼神」，康熙稍好，是他不問鬼神而問天文、科學──雖然也是為了占算一尊之吉凶，蒼生捎帶沾光而已。但欽天監的學者意識到敬畏天文的人也會服膺理性，於是科學的導引兼任了人文進步的導引，《欽天監》裡傳遞的，也是這些科學工作者帶出的人文之光。西西寫歷史，不是為了考據還原什麼，更不是為了戲劇性的刺激，而是促膝說平生的懇談，談這個古國有過怎樣的啟蒙機遇、又錯過了什麼。

《欽天監》也可以說是阿閎這樣一個近代中國知識份子的成長小說。從他蒙學時期開始，西西就在他與青梅竹馬的容兒的對話裡，寄予了明末清初本來不可能有的公民教育內容。然而為什麼不可能有呢？如果有，中國會變成怎樣呢？如果有一萬個、百萬個阿閎，這個舊社會也許不會延續至今。

「望天，畢竟是為了地上的百姓。」阿閎的父親是晚明欽天監遺人，傳道於子，第一句就確定這本書的主張。「國子監教的是『國學』，欽天監教的是『天學』，它們的名字裡不就嵌著不同的字嗎？一個是研究地上的經史子集，另一個，認識頭上的星空。」阿閎的父親不知道的、以及西西沒有直接寫出來的，是康德所說「天上的星空與心中的道德律」的並列。認識星空的人，也會認識心中的道德，阿閎就成為了這樣的一個人。

欽天監，或者說初遇中國的西方理性文明，教了什麼給阿閎呢？全書的過半篇幅都是關於阿閎的學生時期，是一本清初版本的《威廉麥斯的學習時代》，這也是半本古老民族的文明啟蒙史，可惜它很快被皇權、人性與時局所中斷。

最重要的，是先去除儒家幾千年加給中國人的「中心」執迷，它一方面造就虛假的自大，一方面又造就奴性的對「中心的中心」的自卑。

阿閎在欽天監初學星圖、地圖的時候，老師就借講利瑪竇繪地圖講述「中國並不在球體的中心，要說中心，所有國族都在中心」。這太適合講給今天那些「皇漢」主義者、小粉紅和戰狼們聽了。後來在寫南懷仁講授《坤輿萬國全圖》的時候，西西再一次強調：「地球是圓形的，在圓形的表面，沒有中心點。全世界的國家，沒有一個位於中心，也每個都位於中心。中心，只能當作東南西北的參照。」哪一天，中國不再叫做中國了，它才真正成為地球村合資格的一員吧？

抬頭觀天，宇宙更沒有什麼中心，眾星平等。國與人又豈能不平等？

「據說這是兩個人一生的對話。」一位西西身邊的前輩得知我在讀《欽天監》，他提示我。書中，阿閎與容兒這一生的對話，可以分為外延的和內涵的。外延中，阿閎負責帶回來他從欽天監學來的知識、產生的疑問和領悟；容兒，這位自學醫術不甘女性地位制約的聰穎女孩，也不只是個聆聽的角色，她的呼應與反問中，顯示了啟蒙從來不是單純的授受，人性的覺醒在大多數人身上是與生俱來的，只不過大多數人在畢生的馴化教育中遺忘殆盡了而已。

比如說他們從繪製地圖而來的關於假想線的討論，貫穿了全書。在科學裡，假想線有助於我們認識和計算地球，但阿閎早早就問容兒：「世間的假想線又是否總是好的？」容兒注意到的，是人間更多的假想線，區分她與男人的權利的不平等線就是其一，還有涉及她專業的中醫西醫之線，也是欽天監學生會遭遇的中學西學之線。

去到天上，這線就是星宿的「分野」。老師講述《史記．宋微子世家》「君

"We are all
in the gutter,
but some of us
are looking at
the stars."

有君人之言三，熒惑宜有動」來解釋占星的座標對應之說，阿閎和同學寧兒心裡想的卻是「你以為國君說了三句人話，星宿就會受到感動，移動三度嗎？」這種對定於一尊的皇權的質疑，畢竟這些欽天監學生，已經明悟到「我們的（占星術）主要為帝王服務；西洋人呢，較多著眼個人的運程」，進而覺察《史記・天官書》「究天人之際」而後「通古今之變」，也不過是捍衛一尊區分四夷的假想線。

「星星也許真是有生命的……星星真的只關心天子？可每個人，千百萬人，都有不同的生命軌跡，不同的需求、夢想，身上帶有許多不同樣的界線，生老病死。」日後阿閎這段感慨，因此讓人感觸良多。說遠了，這不過也是西西作為一個中國人知識份子的微言大義，讀《欽天監》卻不可不察。

更直接的、假想線帶來的衝突，就是欽天監所代表的東西方文化最前線的對峙。被問到如何面對外國的長處短處，阿閎的學長像那個時代任何一個中國進步官僚一樣只能搖搖頭。這些掌故在書中俯拾皆是，不用再敘，其實這種衝突直到今天還在中國可笑地存在，似乎不豎立這麼一條假想線不足以維持大漢之尊嚴。

就這點，欽天監的天文學者比國子監的大師們要看得開。寧兒和阿閎講：越看星空越覺得自己渺小，「我們不過比螻蟻稍稍大些，區區轉眼就一世了，我們知道些什麼呢。不過，儘管說我們只是坐井觀天，但知道自己坐井，不再自以為是，已是一種進步，這方面，是西洋傳教士老師擴闊了我們的眼光。」

西哲所謂「知無知」，也就是這麼回事。該章提及晚明天文學遺老王錫闡、梅文鼎、甚至大思想家黃宗羲，都認為西學是中國古人流出，殊為可笑。君不見，今人黃河清，不又把這種盲目的文化自欺搬演了一番。不知自己的無知，禍害至今。

還是容兒厲害，超越了許多虛假的線、死線。

西西寫到紫禁城的建構的時候，阿閎興致勃勃地講了傳說中明成祖的工匠照蟈蟈的籠子造出美麗的角樓的故事，還問容兒「有趣不？」容兒冷冷地回一句：「紫禁城的角樓，原來是蟈蟈的籠子。」頗有反諷在其中。每一段轉述結尾處容兒這樣的「總結」，也頗有脂硯齋點評《紅樓夢》的感覺。

我不禁又想起前輩說的「據說這是兩個人一生的對話。」它的內涵，是大時代下一對小兒女不卑不亢地思考命運是什麼回事的一生，即使變成了老兒女，此情反而更加綿長。

天文學者是關注宏大遼遠的宇宙的，因此在現實中常常含蓄木訥。然而許多的些微小物，卻讓阿閦心弦一動若有所思。他說「認識一個人，看一顆星，還要找對時間和空間。」那是他看到懷錶的時候。「很多事情，你以為他真的熄滅了，其實沒有。」那是他說到火摺子的時候。在阿閦參與測繪長城地圖的漫長旅程中，這樣的時刻不少。

西西意猶未盡，下一頁還引方以智《物理小識・自序》來佐證，彷彿隱忍了三百頁的感情，稍一流瀉，便讓人難以釋懷。無論是關於阿閦與容兒的愛情，還是關於阿閦與趙大人超越階級界限的友誼。

所以欽天監的太平日子，以這三個人最終的關係作結，康熙病死後，阿閦夫婦隱居避禍，趙大人獲罪托孤，星宿的運行週轉不怠，似是笑世間兒女的殷勤熱情。

小說接近結束時寫出的，無論是戴名世、方苞等大師的冤獄，還是江南織造工匠的罷工——盛世背後的荒腔走板、苦酷炎涼，在那些人禍而不是天災中盡現。西西承接波赫士的百科全書式寫作至此而極，許多清初掌故蜂擁而來，在某一個關鍵時刻截停了我們對那個時代的妄想，原來不可能有啟蒙時代的架空歷史出現。《紅樓夢》的抄家故事，在曹寅的朋輩身上發生，天文學者成為被托孤的劉姥姥——這不是荒誕，而是悽楚。

之前幾百頁的歲月靜好、天地人的和諧，似乎終於被撕破露出真相：畢竟是中國，捍衛大一統中央集權比一切都重要。占星觀天，也成為可有可無的點綴。我們掩卷長嘆，記不得哪一年哪一朝多少星軸折斷乾坤顛倒，只記得曾有人依照天上的星空與心中的道德律，堅持沒有與濁世同淪——西西他們，難道不也是這樣在香港堅持了大半個世紀嗎？記住這一點，這部書就不僅是一部歷史小說。

29 在深度時間裡重新思考人類世

羅伯特．麥克法倫（Robert MacFarlane）的《大地之下》（*Underland*）如此「多重宇宙」——進入這本書無異於進入無窮多個深邃洞穴——無論是現實的還是抽象意義的、歷史的還是通往未來的，麥克法倫的壯美文字（以及台灣原住民學者 Nakao Eki Pacidal 精湛的翻譯）營造的凜然之感伴隨整個探險進程。

身為史上最年輕的布克獎評審主席的麥克法倫，長相非常學者氣，但他不是一個書齋型寫作者，他就像古希臘傳說中的力士安泰俄斯，要回到大地母親蓋婭懷抱才能充電。從《心向群山》到《故道》、《荒野之境》到《大地之下》，他越來越貼近大地，直到進入大地中心。麥克法倫以「行走文學三部曲」成為當代英語自然文學的旗手，這次《大地之下》已經不能單純定義為自然書寫，毋寧說這是混合著詩意和戲劇性、檄文、考古和未來學等等的一部現實史詩。

對於麥克法倫和他的同道，向下，首先是一種對平面、平庸人生的對抗，是地質深度時間對日常時間的對抗，是複雜立體的「共生」的「人類世」對「世界是平的」的「資本世」的對抗。

洞穴和寫作密切相關，「想要了解光，得先短暫葬入幽深的黑暗。」洞穴、地底世界的幽閉所帶來的覺醒力量，麥克法倫寫印度的一位閉關的女修士時闡釋得最清楚：「梵咒、孤寂和黑暗使她感知一新，她的視野產生深刻的變化。結束靜修時，她感覺自己廣袤有如蒼穹，古老彷彿山巒，無形勝似星光。」

當然還有它本身的神祕：「長久以來，我們將所恐懼的和想擺脫的，以及所珍愛的和想保存的，都安置在地下世界。」因為那裡既是離死者的世界（冥府、陰間）最近的地方，也是最像將誕生者身處的子宮的地方。

《大地之下》一開始的篇章就用極度危險的描述證明了這種矛盾雙重性，在門迪的墓葬裡，麥克法倫忍受著岩石的擠壓、臉貼濕漉漉的穴道蠕動前行，似乎投胎嬰兒重生的考驗，這吉凶未卜的子宮出口前，你如俄爾甫斯般艱難不許回頭。

然而當他在第三章〈暗物質〉進入完全人造的地府：巨型礦洞的時候，麥克法倫終於意識到「人類世」的主宰、業障已經是不可逆的。

「人類世」（Anthropocene）是當下時髦概念，科學家對「人類世」的最早定義就頗帶荒誕感：「人類在未來的數千年乃至數百萬年內，都將是一股主要的地質力量。」這股力量難道不會摧毀那個「未來」嗎，確定還有數千數百萬年？僥倖的話，我們的世界會是未來的墓葬出土文物，但更大的可能是：人類真正的文明永不見天日，殘留在地球表面的都是我們野蠻的毀滅痕跡。

這還不如在埃平森林地下蔓延的巨大真菌網，它們的存在方式顛覆人類世的世界觀。「要了解森林的地下世界，或許我們需要一整套全新的語言來談論真菌……我們得用孢子來說話。」麥克法倫從原住民的語言豐富性裡，領悟了命名的救世能力，於是他接納「樹聯網」取代我們的互聯網，他接納「共生世」取代人類世，這是無政府互助概念——「藉由人類智慧，複製在生命系統中發現的

共生和相輔相成的生命繁殖形態與過程」，無政府主義甚至可以改名地下森林主義。

這樣一個共生夢已經延續萬年，而且和洞窟相關。在日常裡，我們入睡就是探洞，「在每日盡頭，睡眠都像是洞窟學：一種夜間的沉降，以及每個早晨的重新露出。」那麼說夢就是洞窟裡的歷險記，麥克法倫的書寫就是對夢的回憶，對人類萬年之夢的呵護，就像洞穴所做的一樣。忘夢洞（電影大師荷索拍過的 Chauvet Cave，暱稱 Cave of Forgotten Dreams，裡面有著萬年前人類繪畫的野獸，是現存最早的繪畫），其實是存夢洞。

在義大利第里雅斯特的地下河探險時，麥克法倫路過杜伊諾城堡，不禁引用了晚年里爾克寫給《杜伊諾哀歌》譯者的信：「我們是隱形世界的蜜蜂，瘋狂採集可見世界的蜂蜜，要將之採回巨大的金色隱形蜂房。」這是詩人以及所有精神冒險家的自喻，這個蜂房也是存夢之洞。

但那一章帶出的是二戰期間敵對雙方利用洞窟、滲穴坑殺俘虜的殘忍歷史。正如麥克法倫其後寫到納粹集中營的發現與歐洲洞穴壁畫發現的時間相近，文明的毀滅與誕生之間的對比強烈：「拉斯科窟的慷慨秘密為人所知，正如地表上可見的一切都存在於黑暗中，只會被覆滅的爆炸場照亮。在這破裂的景觀裡，如此豐盛的贈禮顯示宇宙有可能不同。」（地理學家凱瑟琳．尤索芙）。

不只是帕斯卡說的無限空間的永恆沉默，在地下洞穴世界裡，有限空間的永恆沉默也讓人戰慄。在第三部「縈繞（北方）」裡，麥克法倫深入我們以為最不被人類世污染的北極地區，發現大量讓人沮喪的開發與環境的衝突。曾經大地接納、隱藏人類，如今它被人類背叛所以浮現出人類試圖掩埋的毒、報復人類，氣候暖化在格陵蘭等地呈現的冰融，就是這種「浮現」的赤裸表現。

麥克法倫從格陵蘭冰川走到芬蘭奧基洛托島的核廢料封存洞，發現這是人類毀滅之洞——人類世的墓碑。他提問：相對於後世，我們當今人類能做一個好祖先嗎？答案好像是悲觀的。回程中他偶遇那個奧基洛托工人伸出的援手，就是矛盾的綜合體，這隻手參與修建這個龐大的核廢料墳冢，也幫助了拋錨在異鄉的麥克法倫維修汽車。

還是未來給我們以啟迪。麥克法倫的小兒子威爾，在第一部出現時他是一個熟睡的嬰兒，麥克法倫從礦洞和荒原長途跋涉歸家後，突然害怕威爾已經死去，伸手去他嘴邊試探他的呼吸——父同此心，想當年初為人父的我也這麼做過。瞬即此前描述的礦脈螢石的如花盛放、雲雀飛離留在坑洞上的餘溫，均連結到星光為兒子的皮膚滾上的銀邊——「一切都激起粒子閃光」。這幾頁的多重轉折是詩人的高級技巧，也是哲學的實證，證明人類世是因此連結存在而不是因為破壞的力量。

書的最後一頁，威爾已經四歲，麥克法倫帶他去家附近散步，當威爾穿過樹木組成的隧道跑入烈陽照耀處，麥克法倫腦中突然「閃過他終將死去的念頭」，就跟前述威爾嬰兒時一樣。於是麥克法倫追上他，向他伸出手，「與他掌對掌，指尖貼指尖，他的皮膚與我的相貼，奇異如岩石。」全書終結。

這個擊掌，呼應了前面奧基洛托工人伸出的援手、奧基洛托基地裡浮灰上的手印、巴黎地下墓穴裡的手印、九千三百年前巴塔哥尼亞洞窟裡先民藝術家用骨管吹上赭石粉的手印、三萬七千年前尼安德特人的孤獨手印……它們統統連結在一起，成為我們與未來的擊掌。

廖偉棠書房

眾鳥欣有托，吾亦愛吾廬——

思考未來、遠方的人與自然的命運

學會更加熱愛

我們在此時此地的暫棲

《湖濱散記》亨利．梭羅著，劉泗翰譯，果力文化 2022

《海子詩全編》海子著，上海三聯書店 1997

《公民不服從！》亨利．梭羅著，劉粹倫譯，紅桌文化 2012

《美國文學入門》波赫士、艾斯特爾合著，於施洋譯，上海譯文出版社 2020

《西雅圖酋長宣言》Chief Seattle 著，劉泗翰譯，果力文化 2022

《黑麋鹿如是說》約翰．內哈特著，賓靜蓀譯，立緒 2003

《日誕之地》納瓦雷・斯科特・莫馬迪，張廷佺譯，譯林出版社 2013

《帕帕拉吉》埃利希・薛曼著，彤雅立譯，果力文化 2021

《快樂的死》卡繆著，梁若瑜譯，麥田 2014

《不畏風雨》宮澤賢治著，程璧譯，北京聯合出版公司 2016

《鼠疫》卡繆著，李玉民譯，江蘇鳳凰文藝出版社 2020

《在路上》凱魯亞克著，姚向輝譯，江蘇鳳凰文藝出版社 2020

《禪定荒野》蓋瑞・斯奈德著，譚瓊琳、陳登譯，果力文化 2018

《蓋瑞・斯奈德詩選》蓋瑞・斯奈德著，楊子譯，江蘇文藝出版社 2013

《砌石與寒山詩》蓋瑞・斯奈德著，柳向陽譯，人民文學出版社 2018

《斧柄集》蓋瑞・斯奈德著，許淑芳譯，人民文學出版社 2018

《日輪之翼》中上健次著，黃大旺譯，黑眼睛文化 2019

《扔掉書本上街去》寺山修司著，高培明譯，新星出版社 2017

《明月構想》劉家琨著，時代文藝出版社 2014

《牛》吳煦斌，牛津大學出版社 2016

《冰雪紀行》韋納．荷索著，錢俊宇譯，漫遊者文化 2012

《歌之版圖》布魯斯．查特文著，楊建國譯，三聯書店 2017

《在西伯利亞森林中》西爾萬．泰松著，周佩瓊譯，人民文學出版社 2018

《游牧人生》Jessica Bruder 著，高子梅譯，臉譜 2019

《烏托邦之旅》普西沃．古德曼著，王秋華譯，原點 2016

《建築的永恆之道》C．亞歷山大著，趙冰譯，知識產權出版社 2002

《沒有建築師的建築》伯納德．魯道夫斯基著，高軍譯，天津大學出版 2011

《我用風、水、陽光蓋房子》中村好文著，蔡青雯譯，臉譜出版社 2014

《日本侘寂》大西克禮著，王向遠譯，北京聯合出版公司 2019

《千利休——無言的前衛》赤瀨川原平著，李漢庭譯，時報文化 2019

《班雅明與他的時代》費德雷．帕雅克著，梁家瑜譯，聯經出版公司 2019

《五號屠場》庫爾特．馮內古特著，虞建華譯，河南文藝出版社 2022

《海幻》梨木香步著，張秋明譯，木馬文化 2022

《明朝》駱以軍著，鏡文學 2019

《大疫》駱以軍著，鏡文學 2022

《2069》高翊峰著，新經典文化 2019

《我所告訴你關於那座山的一切》劉宸君著，春山出版 2019

《成為真正的人》甘耀明著，寶瓶文化 2021

《欽天監》西西著，洪範 2022

《大地之下：時間無限深邃的地方》羅伯特・麥克法倫著，Nakao Eki Pacidal 譯，大家 2021

心靈荒蕪之際的存在地圖

寫給獨立靈魂們的精神供給

有托邦 索隱
關於當下、生態與未來的文化想像

作　　者　廖偉棠
封面設計　Aparallax工作室
內頁排版　高巧怡
行銷企劃　蕭浩仰、江紫涓
行銷統籌　駱漢琦
業務發行　邱紹溢
營運顧問　郭其彬
果力總編　蔣慧仙
漫遊者總編　李亞南
出　　版　果力文化／漫遊者文化事業股份有限公司
地　　址　台北市松山區復興北路331號4樓
電　　話　(02) 2715-2022
傳　　真　(02) 2715-2021
服務信箱　service@azothbooks.com
網路書店　www.azothbooks.com
臉　　書　www.facebook.com/azothbooks.read
營運統籌　大雁文化事業股份有限公司
地　　址　台北市松山區復興北路333號11樓之4
劃撥帳號　50022001
戶　　名　漫遊者文化事業股份有限公司
初版一刷　2023年5月
定　　價　450元

ISBN　978-626-97185-0-4

國家圖書館出版品預行編目 (CIP) 資料

有托邦〔索隱〕——關於當下、生態與未來的文化想像/ 廖偉棠著&攝影 ; -- 初版. -- 臺北市 : 果力文化, 漫遊者文化事業股份有限公司出版 : 大雁文化事業股份有限公司發行, 2023.05
面；　公分
ISBN 978-626-97185-0-4(平裝)
855　　112005801